ヘルマン・ヘッセ『少年の日の思い出』に現れる蝶と蛾

1：キアゲハ *Papilio machaon*（上♂ 下♀）
2：イリアコムラサキ *Apatura ilia*（上♂ 下♀）
3：イリスコムラサキ *Apatura iris*（上♂ 下♀）
4：クジャクヤマママユ *Eudia spini*（上♂ 下♀）
5：ワモンキシタバ *Catocala fulminea*（♂）
6：ユーロウチスズメ *Smerinthus ocellata*（♀）
7：ヒメクジャクヤマママユ *Eudia pavonia*（上♂ 下♀）
8：オオクジャクヤマママユ *Saturnia pyri*（左♂ 右♀）

写真撮影：石井宏尚

少年の日の思い出

ヘッセ青春小説集

ヘルマン・ヘッセ

岡田朝雄＝訳

草思社文庫

Hermann Hesse : Der Lateinschüler
From : Hermann Hesse, Sämtliche Werke,
Band 6 : Erzälungen 1. 1900-1906.

Hermann Hesse : Schön ist die Jugend
From : Hermann Hesse, Sämtliche Werke,
Band 7 : Erzälungen 2. 1907-1910.

Hermann Hesse : Das Nachtpfauenauge, Der Zyklon
From : Hermann Hesse, Sämtliche Werke,
Band 8 : Erzälungen 3. 1911-1954.

もくじ

少年の日の思い出

私の客は、夕方の散歩から帰ってきて、まだ昼間の最後の明るさが残っている書斎で私のそばに腰かけていた。窓の外には、はるかかなたまで色あせた湖がひろがり、起伏の多い対岸に鋭く縁どられていた。ちょうど私の末の息子が「こんばんは」と挨拶をして行ったので、私たちは子供たちのことや、子供のころの思い出について語り合った。

「子供ができてから」と私は言った。「自分の子供のころのいろいろな習慣や趣味がまたよみがえってきてねえ。そのうえ、一年ほど前からまた蝶や蛾[1]の採集を始めたんだよ。お目にかけようか?」

彼が見たいと言ったので、私は書斎を出て、私のコレクションの入っている軽いボール紙の箱を二、三箱とってきた。最初の箱を開けたとき、あたりがもうすっかり暗くなっていたことにはじめて気がついた。私はランプをとって、マッチをつけた。と、その瞬間、外の風景が闇に沈んで、窓は見通しのきかない青い夜のとばりにすっかり閉ざされてしまった。

私の蝶や蛾は、明るいランプの光を浴びて、箱の中からきらびやかに輝いていた。私たちはその上に身をかがめて、深い、すばらしい色合いの姿を眺め、蝶や蛾の名前を言った。

「これはワモンキシタバ[2]、学名はフルミネア。この辺では珍品だよ」と私は言った。

私の友人はひとつの蝶を、ピンをつまんで注意深く箱から取り出すと、その羽の裏側を眺めていた。

「ふしぎなものだなあ」と彼は言った。「蝶の姿ほど子供のころの思い出を強く呼び起こしてくれるものはない。ぼくは少年時代、熱烈な採集家だったんですよ」

彼はその蝶をもとの場所に刺し、箱のふたを閉めると、「もう結構！」と言った。

彼は厳しく口早にそう言った。まるでその思い出が不快なものであるかのようだった。私が箱を片づけてまた戻ってくるとすぐに、彼はほほ笑みを浮かべて、私にタバコを一本求めた。

「悪く思わないでくれたまえ」とそれから彼は言った。「きみのコレクションをあまりよく見なかったけれど。ぼくも少年時代もちろんコレクションを持っていた。けれど残念ながらぼくは自分でその思い出を台なしにしてしまったんだ。じつに恥ずかしい話だが、それをひとつ聞いてもらおう」

彼はランプのほやの上でタバコに火をつけると、緑色の笠をランプの上に載せた。すると私たちの顔は快いうす暗がりの中に沈んだ。彼は開け放たれた出窓のところに腰をおろした。そこでは彼の姿がほとんど暗闇にまぎれていた。私は葉巻タバコをふかした。外では蛙たちのかん高い、遠い歌声が夜を満たしていた。そのあいだに私の友は次のように語った。

蝶の採集は、ぼくが八歳か九歳のときに始めた。最初はさほど熱心にやっていたわけではなく、ただそれがはやっていたからやっただけだった。ところが十歳くらいになった二年目の夏、ぼくはすっかりこの趣味のとりこになってしまい、それがやみつきになって、そのためにほかのことを何もかも忘れてすっぽかしてしまったので、みんなが何度もぼくにそれをやめさせねばならないと考えたほどだった。蝶の採集に出かけると、学校へ行く時間だろうが、昼食の時間だろうが、もうまったく塔の時計が鳴るのが耳に入らなかった。休暇のときなどは、ひときれのパンを植物採集用の胴《どう》乱《らん》[3]に入れて、朝早くから夜になるまで、一度も食事に帰らないで、外をとびまわっていることがたびたびだった。

今でも特にきれいな蝶や蛾を見かけたりすると、ぼくはあのころの情熱を感じることがたびたびある。そんなときぼくは一瞬、子供だけが感じることのできるあのなんとも表現しようのない、むさぼるような恍惚状態におそわれる。少年のころ、はじめてのキアゲハ[4]にしのび寄ったときのあの気持ちだ。また、突然幼いころの無数の瞬間や時間を思い出す。強い草いきれのする乾燥した荒野での昼下がり、庭での涼しい朝のひととき、神秘的な森のほとりの夕暮れどき、ぼくは捕虫網を持って、宝物を探す人のように待ち伏せていた。

そんなとき、美しい蝶や蛾に出会い、――それは特別な珍品でなくともよかった――その蝶が日の当たった花にとまって、色あざやかな羽を息づくように開いたり閉じたりしているのを見ると、捕らえるよろこびに息もつまりそうになり、そろりそろりとしのび寄って、輝く色彩の斑紋のひとつひとつ、水晶のような翅脈《しみゃく》のひと筋ひと筋、触角のこまかいとび色の毛[5]の一本一本が見えてくると、それはなんという興奮、なんというよろこびだったろう。こんな繊細なよろこびと、荒々しい欲望の入り混じった気持ちは、その後今日までの人生の中でもめったに感じたことはなかった。

両親がちゃんとした道具をひとつもプレゼントしてくれなかったので、ぼくは自分のコレクションを古いつぶれたボール紙の箱に保管するほかなかった。針がしっかりと刺さるように、ワインの栓を輪切りにした丸いコルクの切片を底に貼りつけ、このつぶれかけたボール紙の箱の中にぼくの宝物をしまった。

　はじめのうち、ぼくはこのコレクションをよろこんでたびたび仲間たちに見せたけれど、ほかの連中は、ガラスのふたのついた木製の標本箱や、緑色の金網を張りめぐらした幼虫飼育箱や、そのほか贅沢な品々を持っていたので、ぼくは自分の粗末な道具を自慢するわけにはいかなくなってしまった。それどころか、重要な、あっと言わせるようなものを見つけたり捕ったりしても、仲間には言わず、それをぼくの妹たちにだけ見せるようになってしまった。あるとき、ぼくはぼくたちのところでは珍しい青いコムラサキ[6]を採集して、展翅《てんし》した。それが乾いたとき、誇らしい気持ちになって、それをせめて隣の少年にだけは見せてやりたくなった。

　その少年というのは、中庭の向こうに住んでいる学校の先生の息子だった。この少年は、どこから見ても完璧ないやな奴で、子供たちのあいだでも人一倍気味悪がられていた。彼は、わずかばかりのたいしたこともないコレクションしか持っていなかったけれど、それは、標本の美しいことと、ゆきとどいた手入れのために宝石のようにすばらしいものになっていた。そのうえ、彼は傷ついたりちぎれたりした蝶の羽をにかわでもと通りつぎ合わせるという、非常にむずかしく珍しい技術を知っていた。ともかく彼はあらゆる点で模範少年だった。そのため、ぼくはねたみと感嘆の思いで彼を憎んでいた。

　この少年にぼくはコムラサキを見せた。彼は専門家みたいにそれを鑑定し、それが珍品であることを認めてくれ、お金で買えば二十ペニヒ[7]はするだろうと、判定してくれた。ところがそれから彼はあら探しを始めた。ぼくのコムラサキが、展翅の仕方が悪いとか、右の触角が曲がっていて、左の方が伸びているとか言い、さらにもうひとつのもっともな欠陥を発見した。この蝶には脚が二本欠けていた[8]のだ。

　ぼくはそんな欠陥はたいしたことではないと思っていた。が、このあら探し屋のために、ぼくの採集品に対するよろこびはかなり傷つけられてしまった。それからぼくはもう、彼には二度とぼくの獲物を見せなくなってしまった。

　二年たって、ぼくたちはもう大きな少年になっていたけれど、ぼくの情熱はまだ全盛期にあった。そのころ、あのエーミールが一頭のクジャクヤママユ[9]を蛹《さなぎ》から羽化させたという噂が広まった。このニュースは、今のぼくが、たとえばぼくの友人のひとりが百万マルク[10]を遺産相続したとか、歴史家リウィウス[11]の行方不明になっていた本を見つけ出したとかいうニュースを聞くよりも、はるかに刺激的なことだった。クジャクヤママユは、ぼくたちの仲間のうちでまだ誰も採集した者はいなかった。ぼくは自分が持っていた古い蝶蛾図鑑の図版でそれを知っていたにすぎなかった。

　ぼくが名前を知っていて、まだぼくの標本箱の中にないすべての蝶や蛾の中で、このクジャクヤママユほど熱烈に欲しいと思っていたものはなかった。たびたびぼくは図鑑の中のあの図版を眺めたものだった。ある仲間がぼくにこんな話をしてくれた。「このとび色の蛾[12]が木の幹か岩にとまっているとき、小鳥やそのほかの敵がそれを攻撃しようとすると、その蛾はたたんでいた黒っぽい前翅《ぜんし》を引き上げて、美しい後翅《こうし》をあらわにする。その後翅の明るい大きな眼状紋がとても奇妙な、思いもかけない様子に見えるので、小鳥はびっくりしてその蛾をそのままにして行ってしまう」と。

　エーミールがこんな不思議な蛾を持っていると聞いたとき、ぼくはすっかり興奮してしまって、その蛾を見ることのできる瞬間を待ちきれなくなってしまった。食後、家を出るとすぐにぼくは中庭を越えて、隣の家の四階へ走っていった。そこに先生の息子は、ぼくがとてもうらやましく思っていた自分だけの小部屋を持っていたのだ。ぼくは途中誰にも出会わなかった。上に着いてドアをノックしてみると、返事がなかった。エーミールはいなかったのだ。ドアのノブを回してみると、入り口が開いているのがわかった。

ぼくは、せめてあの蛾を見てみたいと思って、中へ入った。そしてすぐにエーミールがコレクションを保管している二つの大きな標本箱を前に並べた。どちらにも見つからなかった。やがてその蛾はまだ展翅板に載っているのかもしれないと思いついた。はたしてそこにあった。とび色のビロードの羽が細い紙テープで張り広げられて、クジャクヤママユは展翅板にかかっていた。

ぼくはその上に身をかがめて、すべてを間近から観察した。細毛の生えた肉桂色の触角や、優美な、限りなく微妙な色合いの羽の外縁《がいえん》や、後翅の内縁《ないえん》に生えている細い羊毛のような毛などを。ただ、よりによってあの眼状紋だけは見ることができなかった。展翅テープで覆われていたからだ。

胸をドキドキさせながらぼくは展翅テープをはずしてしまいたいという誘惑に負け、留め針を抜いた。すると四つの大きな不思議な眼がぼくをじっと見た。図版で見たのよりもはるかに美しく、すばらしかった。見ているうちにこのすばらしい蛾をどうしても手に入れたいという抵抗しがたい欲望を感じて、ぼくは生まれてはじめて盗みを犯してしまった。ぼくはそっとピンを引き抜いた。クジャクヤママユはもう乾いていて、形はくずれなかった。ぼくは手のひらをくぼめてそれを持ち、部屋から出た。そのときには、とほうもない満足感以外、何も感じなかった。

その蛾を右手に隠して、ぼくは階段を下りていった。そのとき、下から誰かが上がってくるのが聞こえた。その瞬間、ぼくの良心が目覚めた。ぼくは突然知った。盗みを犯してしまったことを。自分が卑劣な奴だったことを。同時に発覚するのではないかというまったく恐ろしい不安に襲われて、ぼくは本能的に、獲物をつつむように持っていた手を上着のポケットの中へ突っ込んだ。ぼくは自責の念と恥辱との冷たい感情を抱いて、震えながらゆっくりと下りていった。そして下から上がってきたメイドとこわごわすれちがった。そして胸をドキドキさせながら、額に汗をかき、とほうにくれて、自分自身にあきれかえりつつ玄関に立ちつくしていた。

この蛾を持っていることはできないし、許されないことだ、もとに戻して、できるだけ何ごとも起こらなかったようにしておかなければならない、ということがすぐにわかった。それでぼくは、誰かに出会いはしないか、見つかりはしないかとひどく恐れたけれど、すばやくまた引き返し、階段を駆け上がって、一分後にはふたたびエーミールの部屋の中に立っていた。ぼくはポケットから手を引き出して、蛾を机の上に置いた。そしてあらためてそれに眼をやるよりも早く、大変なことをしでかしてしまったことを知って、泣き出しそうになった。クジャクヤママユが壊れてしまったのだ。前翅が一枚と触角が一本なくなっていた。そしてちぎれた羽を用心深くポケットから引き出してみると、それはボロボロになっていて、もうどんな修理も考えられなかった。

盗みを犯してしまったという気持ちよりも、自分が壊してしまった美しい、珍しい蛾を見ていることの方が、ずっとぼくにはつらかった。ぼくは指にこまかい茶色の鱗《りん》粉《ぷん》がついているのを見た。そしてちぎれた羽が横たわっているのを見た。それをふたたびもと通りにするためならば、ぼくはどんな持ち物でも、どんな楽しみでもよろこんで投げ出しただろう。

悲しい気持ちでぼくは家に帰り、その日の午後ずっとうちの小さな庭にすわっていた。やがてぼくはすべてを母にうちあける勇気を起こした。母はびっくりして、悲しんだけれど、この告白がすでに、あらゆる罰を耐え忍ぶことよりもぼくにとってつらいことだったと感じてくれているらしかった。

「おまえはエーミールのところへ行かねばなりません」と母はきっぱり言った。「そしてそのことを自分でエーミールに言わなければなりません。それがおまえにできるただひとつのことです。エーミールに、おまえが持っているものの中から弁償としてなんでも探してもらうように申し出なさい。そして、許してくれるようにエーミールにお願いしなければいけません」

これがほかの仲間たちの場合であったら、あの模範少年の場合よりぼくにはずっと気が楽だったろう。ぼくはもう行く前からエーミールがぼくの言うことをわかってくれないし、おそらく全然信じてくれないだろうと、はっきり感じていた。ほとんど夜になっても、行く決心がつかないでいた。

中庭にいるぼくを見つけて、母が小声で言った。「今日のうちでなければいけません。さあ、行きなさい!」それでぼくは出かけて行き、エーミールがいるかどうかたずねた。彼は出てくるとすぐに、誰かがクジャクヤママユを壊してしまった、悪い奴がやったのか、あるいはひょっとして猫がやったのかわからない、と言った。そこでぼくは、その蛾を見せてくれるように頼んだ。ぼくたちは上にあがった。彼はロウソクに火をつけた。ぼくは展翅板の上に壊れてしまった蛾が横たわっているのを見た。エーミールがそれをなんとかもと通りに修理しようと努力したことがわかった。壊れた羽が注意深く広げられて、湿った吸い取り紙の上に横たえられていた。けれどそれはなおらなかった。触角もなくなったままであった。

そこでぼくは、それをやったのはぼくだ、と言い、詳しく話し、説明しようとした。

するとエーミールは、たけり狂ってぼくをどなりつけるかわりに、ヒューと歯笛を吹いて、ぼくをしばらくのあいだじっと見つめ、それからこう言った。「そう、そう、きみって、そういう人なの？」

　ぼくは彼にぼくのおもちゃを全部あげると言った。が、彼はいぜんとして冷ややかな態度を続け、あいかわらずぼくを軽蔑的に見つめていたので、ぼくは、ぼくのコレクションを全部あげると言った。けれど、彼はこう言った。

「どうもありがとう。きみのコレクションならもう知っているよ。それにきみが蝶や蛾をどんなふうに扱うか今日またよく見せてもらったしね」

　この瞬間、ぼくはもう少しで彼の喉もと目がけて飛びかかりそうになった。もうどうしようもなかった。ぼくは悪党であったし、悪党であり続けた。そしてエーミールは冷ややかに、軽蔑に充ちた正義の衣をまとって、世界秩序そのもののようにぼくの前に立っていた。彼は罵りさえしなかった。ただただぼくを見つめて、軽蔑していた。

　そのとき、ぼくは一度起こってしまったことは二度ともと通りにすることはできないのだと、はじめて悟った。ぼくは立ち去った。母が根ほり葉ほり聞き出そうとしたりせず、ぼくにキスをして、そっとしておいてくれたことがうれしかった。もうぼくには遅い時間で床に就かねばならなかった。けれどその前に、ぼくはこっそりと食堂に入って大きな茶色いボール紙の箱を取ってきてベッドの上に置き、暗がりの中でふたを開けた。それからぼくは次から次へと蝶や蛾を取り出して、それらを指で粉みじんに押しつぶしてしまった。

初稿（『クジャクヤママユ』）一九一一年、改稿一九三一年

訳注

1 蝶や蛾＝ドイツ語の Schmetterling および Falter という言葉は、蝶と蛾の総称「鱗翅類」という意味である。したがって、蝶を指している場合は蝶、蛾を指している場合は蛾、両者を含んでいる場合は蝶と蛾、蝶や蛾などと訳し分ける必要がある。ドイツ語で区別して表現する場合は、蝶には「昼」を意味する Tag を付けて Tagschmetterling, Tagfalter, 蛾には「夜」を意味する Nacht をつけて Nachtschmetterling, Nachtfalter という。

2 ワモンキシタバ＝独名 Gelbes Ordensband（黄色い勲章の綬）、学名 *Catocala fulminea*. ワモンキシタバ（輪紋黄下翅蛾）は、ヨーロッパからユーラシア大陸を経て日本にまで分布するカトカラ（シタバガ）属の一種。カトカラ属の蛾は、前翅が木の幹か岩肌とみまがうような保護色、後翅は黒と黄、黒と紅、黒と青等のあざやかな警告色を呈している点に特徴がある。独名は、後翅の色彩と模様にちなむ。口絵5

3 胴乱＝植物採取用のブリキ製円筒形の道具。採取した植物が萎《しお》れないように中に入れる。ヘッセはこれを採集した蝶を入れる三角缶の代わりに使っていた。

4 キアゲハ＝独名 Schwalbenschwanz（燕の尾）、学名 *Papilio machaon*. キアゲハ（黄鳳凰蝶）はドイツ産と日本産では亜種を異にするが、同一種なので、「キアゲハ」でよい。独名はキアゲハの尾状突起にちなむ。口絵1

5 触角のこまかいとび色の毛＝触角に毛が生えているのは、蛾の特徴である。したがってこの段落での Schmetterling は、「蝶や蛾」と訳すのが適当。

6 コムラサキ＝ドイツにはイリスコムラサキ（学名 *Apatura iris*）とイリアコムラサキ（学名 *Apatura ilia*）がいて、そのどちらか特定できないので、訳名は「コムラサキ」とした。日本のコムラサキ（学名 *Apatura metis*）はイリアコムラサキに似ているが別種である。口絵2・3

7 二十ペニヒ＝ペニヒはユーロ／セント（ヨーロッパ連合共通通貨単位）が導入される二〇〇一年まで流通していたドイツの通貨単位。一マルクの百分の一。ヘッセが十歳の一八八七年の一マルクは、現在の六・八ユーロに相当する。

8 脚が二本欠けていた＝コムラサキなどタテハチョウ科の蝶には、眼に見える脚は四本しかない。二本は退化している。昆虫が六本脚だという常識からすると、脚が欠けていなくとも二本欠けているように見える。本当に二本欠けていると、脚が二本しかないことになって、行動が著しくそがれて不自然である。ここは脚が欠けていなかったのかもしれない。

9 クジャクヤママユ＝ドイツ語で Nachtpfauenauge（夜の孔雀の眼）と呼ばれる蛾には、大型（学名 *Saturnia pyri*）・中型（学名 *Eudia spini*）・小型（学名 *Eudia pavonia*）の三種類あり、すべてヤママユ科に属する蛾なので、和名はそれぞれ、オオクジャクヤママユ、クジャクヤママユ、ヒメクジャクヤママユとした。この作品の蛾は、中型のクジャクヤママユではないかと思われる。オオクジャクヤママユは開張十二〜十五センチもあって、少年が手に持ったままポケットに入れることは不可能である。ヒメクジャクヤママユは珍しい蛾ではなく、クジャクヤママユはきわめて珍しい。開張は五センチぐらいである。『少年の日の思い出』の初稿 „Das Nachtpfauenauge" という原タイトルからしても「クジャクヤママユ」が適当だと思われる。口絵4・7・8

10 百万マルク＝マルクは現在のユーロ／セントが導入されるまで流通していたドイツの通貨単位。一マルクは百ペニヒ。当時の百万マルクは、数億円に相当すると考えればよいであろう。

11 リウィウス＝Titus Livius（前五九―一七）。古代ローマの歴史家。ローマ建国からアウグストゥスの世界統一までの編年体の歴史記述『ローマ建国史』全一四二巻を著したが、現存するのは三五巻分のみで、残りの一〇七巻は行方不明となっている。

12 「このとび色の蛾……」＝この文章中に書かれている蛾は、クジャクヤママユではなく、ユーロウチスズメではないかと思われる。クジャクヤママユは、前翅・後翅にそれぞれ眼状紋があり、羽全体が灰褐色を呈している。ユーロウチスズメ（学名 *Smerinthus ocellata*）は、前翅が灰褐色で、後翅はピンク色の地の中央に黒にふち取られた青い眼状紋があって美しい。ふだんは前翅で後翅を覆い隠していて、敵に襲われると、本文中に書かれているようなことをする習性がある。この蛾の独名が Abendpfauenauge（夕方の孔雀の眼）で、Nachtpfauenauge（夜の孔雀の眼）とよく似ているので、ヘッセが混同したのではないだろうか。口絵6

ラテン語学校生

ぎっしり建て込んだ古い小さな町のまんなかに、とほうもなく大きな建物がある。小さな窓がいくつもあって、階段は上がり口も内部もみじめに踏みへらされており、堂々としているけれど、滑稽な感じもする。若いカール・バウアーもそう思った。彼は十六歳の生徒で、毎日朝と昼に、カバンを抱えてその建物の中へ入って行くのだった。美しく、明快で、ごまかしのきかないラテン語と、古いドイツの詩人には興味をもったけれど、むずかしいギリシア語と代数には悩まされた。代数は、三年になっても、一年のときと同様好きになれなかった。また、何人かの白いひげを生やした老先生には好感をもったけれど、数人の若い先生は苦手だった。

校舎からあまり離れていないところに、ひどく古い商店があった。そこでは、いつも開いているドアを通って、暗くじめじめした階段を上がって、たえず人びとが出入りしていた。まっ暗な玄関横の廊下では、アルコールや石油やチーズのにおいがした。

その暗がりの中でもカールは勝手がわかっていた。同じ建物の一番上に自分の部屋があったからである。そこの店主の母親のところに、彼は賄い付きで下宿していたのである。下はひどく暗かったけれど、上は明るくて、見晴らしがよかった。日が出ているときは日当たりがよかったし、町の半分が見渡せた。この家の彼らはその屋根をほとんど知っていて、ひとつひとつ名前を挙げることができた。

店にはおいしそうなものがたくさんあったけれど、急な階段を上がってカール・バウアーのところまで届くものはほとんどなかった。とにかくクステラーおばあさんの賄いはお粗末で、彼のお腹を満たすことは決してなかった。けれどその点を別にすれば、おばあさんとカールはとても仲良く暮らしていた。自分の部屋では彼は一城の主だった。そこでは何をしようと、誰も邪魔をする者はいなかった。

それで彼はいろいろなことをやった。籠の中の二羽のシジュウカラなどはとりたてて言うほどのことでもなく、彼はちょっとした指物細工をする場所もつくっていたし、ストーブの中で鉛や錫を溶かして、鋳物もつくった。夏になると、箱の中にアシナシトカゲや普通のトカゲを飼ったりした。――もっとも、トカゲどもは、しばらくするといつも金網に穴を開けていなくなってしまうのだった。そのほか彼はヴァイオリンを持っていて、本を読んだり細工をしたりしないときは、昼でも夜でもたいていヴァイオリンを弾いていた。

こうして、少年は毎日楽しみがあって、決して退屈しなかった。とくに彼は本を見かけると借りてくるので、読む本に不自由することはなかった。たくさんの本を読んだけれど、もちろんどんな本でも好きだったわけではなく、童話や伝説、そして韻文の悲劇を何よりも好んだ。

こうしたことはみんな楽しかったけれど、それで満腹になるはずはなかった。それでどうにもお腹がすいてたまらなくなると、イタチのようにこっそりと、彼は古ぼけて黒ずんだ階段を石畳の売り場裏まで下りて行った。そこでは、店の方からかすかに一条の弱い光が射し込んでいるだけだったけれど、背の高い空き箱の上に、上等のチーズの残りが載っていたり、中身が半分入っているニシンの小樽が開けたままドアのそばに置いてあったりした。運のよい日には手伝いをするという口実で、勇敢に店の中まで入っていって、二つかみか、三つかみの干しスモモとか干しナシなどをポケットにねじこむこともあった。

このようなことは、それが欲しくて良心のやましさを感じながらやったのではなく、ひとつには、空腹な者の無邪気な気持ちからやったのであり、ひとつには、恐れを知らず冷静な誇りをもって、危険に立ち向かう高潔な盗賊の気持ちからでもあった。老母が欲張って彼にけちけちしたものを、その息子のありあまる宝庫から奪い取るのは、道徳的な世界秩序に完全にかなうものだと彼には思われたのである。

絶対的な力をもっていた学校のほかに、こうしたさまざまな習慣や仕事や趣味は、彼の時間や考えを充分に満たしそうなものであった。ところが、カール・バウアーはそれではまだ満足していなかった。何人かの学友のまねをしたところもあるし、文学書をたくさん読んだせいもあり、また自分の心の欲求からでもあったけれど、そのころはじめて彼は胸もときめく美しい恋愛の世界へ足を踏み入れたのである。

けれど、彼は今どんなに努力して求愛しても現実の目標には到達できないであろうことがあらかじめはっきりわかっていたので、無謀にも、町で一番美しい少女に思いを寄せた。その少女は裕福な家の子で、服装の立派なところからも、同じ年ごろの少女たちをはるかにしのいでいた。カールは毎日彼女の家のところを通り過ぎた。そして顔を合わせたりすると、校長先生にもしないほどていねいに帽子をとっておじぎをした。

こうした状態であったところへ、偶然にもまったく色合いの違うひとつの事件が彼の生活の中へ入り込んできて、人生の新しい門が開かれたのである。

秋も終わりに近いある晩のこと、カールはまたも薄いミルクコーヒー一杯ではどうにも腹がおさまらず、空腹に耐えかねて略奪に出かけた。そっと滑るように階段を下りて、売り場裏を探索した。するとほどなく陶器の皿が一枚置いてあるのに気がついた。その皿には、大きさといい色つやといい申し分のない晩生《おくて》のナシが二つ、赤い縁のついたオランダチーズといっしょに載せてあった。

　このお茶うけが、主人の食べるもので、メイドがちょっとそこに置いたものであることは、ひもじいカールにも容易に想像できた。けれど思いがけないものを見つけたうれしさのあまり、恵み深い天の配剤だという思いが先に立って、ありがたくその贈りものをポケットにしまいこんだ。

　けれど、彼がすっかり始末して姿を消す前に、メイドのバベットが手にロウソクを持って、スリッパの音もかすかに地下室の入り口から姿を現した。そしてその犯行を見つけてびっくりした。若い泥棒はまだチーズを手に持っていた。彼は立ちすくんだまま身動きもできずに眼を伏せて、心は千々に乱れ、恥ずかしさのあまり穴があったら入りたい気持ちだった。こうして二人はロウソクの光を浴びてそこに立っていた。人生はこれまでにもこの大胆な少年をもっとつらい目にあわせることもあったけれど、これ以上みじめな瞬間を味わわせたことはたしかに一度もなかった。

「いけません、そんなことをして！」とバベットはついに言って、そして後悔している犯人を、まるで殺人犯を見るかのように見つめた。少年は返す言葉もなかった。

「とんでもない」と彼女は言葉を続けた。「泥棒と同じだってこと、わからないんですか?」

「わかってますけど」

「まあ、あきれた人ね。どうしてそんなことをしたの?」

「そこに置いてあったし、バベット、それでぼくは考えたんだ——」

「いったい何を考えたの?」

「お腹がすいてたまらなかったもんだから……」

この言葉を聞くと、老嬢のバベットは、大きく眼をみはり、かわいそうなカールをかぎりない理解と哀れみの表情で見つめた。

「お腹がすいているの? まあ、いったい上では何も食べさせてもらってないの?」

「少しだけなんだ、バベット、少しだけ」

「まあ、ひどいこと。じゃ、いいわよ、いいわ、ポケットのものをとっておきなさい。チーズもね。うちにはたくさんあるから。でも、私は上に行かなくちゃ。誰か来るといけないから」

カールは妙な気持ちで自分の部屋に戻った。そして腰をおろして考えこみながら、オランダチーズを、それからナシを食べ終えた。すると気持ちが楽になってきた。彼はホッと息をついて、伸びをした。それからヴァイオリンでちょっとした感謝の賛歌を奏でた。それが終わるか終わらないうちに、そっとドアをノックする音が聞こえた。開けてみると、外にはバベットが立っていて、たっぷりとバターをぬった大きなパンを彼にさし出した。

それはとてもうれしかったけれど、カールはていねいに辞退しようとした。が、彼女は承知しなかったので、彼はよろこんでそれに従った。

「ヴァイオリンがとても上手ね」と彼女は感心して言った。「これまでもよく聴いていたのよ。食べ物のことは私が心配してあげますからね。晩になったら、きっといつも何か持ってきてあげるわ。内緒でね。あなたのお父さんはきっと充分に食費を払っているはずなのに、どうしてもっとよくしてくれないんでしょうねえ」

今度も少年はおずおずとお礼を述べて、辞退しようとしたけれど、彼女はどうしても聞き入れなかった。それで彼はよろこんで承諾した。結局、空腹でたまらない日には、帰宅時に階段のところで「黄金の夕日」[1]を口笛で吹く、すると彼女が食べ物を持ってくる、という申し合わせになった。何か別の曲を吹くか、何も吹かないときはその必要がない。後悔し、感謝しながら、彼は自分の手を彼女の大きな右手にさし出した。彼女はその手を強く握って、約束を保証した。

　このときからギムナージウム[2]の生徒カールは、よろこびと感謝の念をもって心優しい婦人の思いやりと心遣いを受けることになった。故郷で幼年時代を過ごして以来、初めてのことであった。というのは、両親が田舎に住んでいたので、彼はもう早くから下宿させられていたからである。それでよく故郷にいたころのことを思い出した。それもバベットが母親のように少年を監督したり、心配したりしてくれたからである。彼女は年齢からいっても、だいたい母親といってもよかった。年は四十歳前後で、元来厳しく、頑固で、精力的な女性であったけれど、たまたま思いがけないきっかけで、この少年が彼女の友だちとなり、被保護者となり、被扶養者となって、彼女に感謝するようになったために、彼女のかたくなな心のそれまで眠っていた奥底から、優しい気持ちやわれを忘れた親切心がおずおずとではあったが現れてきたのである。

　こうした心の変化はカールにとってありがたかった。彼はたちまちそれに甘えるようになった。だいたいこういう年若い少年は、もらうものならなんでも、たとえどんなに珍しい果物であっても、遠慮なく、当然の権利のように受け取ってしまうものである。そんなわけで、カールは数日後にはもう、あの地下室の入り口での恥ずかしい出会いをすっかり忘れて、いつもそうであったかのように、階段のところで「黄金の夕日」を口笛で響かせることになったのである。

カールはバベットにとても感謝していたけれど、もしその親切がずっと食べ物だけにかぎられていたならば、彼女をそんなにいつまでもはっきり記憶にとどめることはなかったであろう。若いころは食欲が旺盛なものだけれど、それに劣らず空想力も豊かなものである。少年との関係をずっとあたたかく続けるためには、チーズやハムでは、それどころか秘蔵の果物やワインでも充分ではないであろう。

バベットは、クステラー家でかけがえのない人として尊重されていたばかりでなく、近所じゅうどこでも申し分のない立派な人だと評判だった。彼女のいるところではどこでも、万事明るく、うまくいった。近所の主婦たちはこれを知っていたので、自分の家のメイド、とくに若いメイドたちがバベットと交際するのをよろこんでいた。彼女に推薦された者はよい待遇を受けたし、彼女と親しい交際をしている人なら、メイド養成所や女子青年会に入っている者よりも大切にされた。

そういうわけで、バベットは仕事が終わった夕方や、日曜日の午後は、ひとりでいることはめったになく、いつも数人の若いメイドたちに囲まれていて、彼女はみんなの時間つぶしを助けてやったり、いろいろと知恵を貸したりしていた。そういうときは、遊戯をしたり、歌をうたったり、滑稽問答や謎々をしたりした。いいなずけや兄弟のある者は、連れてくることを歓迎されたけれど、実際に連れてくるようなことはめったになかった。というのは、いいなずけのある娘はたいていすぐに仲間から離れていったし、若い職人や下男は娘たちほどバベットと親しくならなかったからである。彼女はだらしない色恋沙汰は容赦しなかった。面倒を見ている娘がそういう道に踏み込んで、本気になって戒めても改めないときには、仲間から完全にはずしてしまうのだった。

　この元気のよい少女の会に、ラテン語学校生[3]カールは、客として迎えられた。おそらくここで学んだことの方が、ギムナージウムで学んだことよりも多かっただろう。はじめてそこへ行った晩のことを彼は忘れなかった。場所は裏の中庭だった。娘たちは階段や空き箱に腰をおろしていた。もう暗かった。が、上を見ると、四角に区切られた夕空がまだほんのり青っぽい淡い光の中でほのめいていた。バベットは、半円形をした地下室の入り口の前の小さな樽の上に腰掛けていた。カールは、きまり悪そうに彼女のそばの横木にもたれて、黙っていた。そして薄暗がりの中に浮かぶ娘たちの顔を見ながら、もし学校の仲間たちがこの夕べの集いのことを知ったら、なんと言うだろうかと考えて、少し不安な気持ちになった。

それにしてもここに並んでいる娘たちの顔！　そのほとんどの顔を彼はもう知っていたけれど、こうして薄暗がりの中にいっしょに寄り集まっていると、まるで変わって見えた。娘たちはまるで謎のようにカールを見ていた。彼は今でもなお彼女らすべての顔と名前を覚えており、そのうえ大部分の娘たちの身の上話さえも知っている。なんという身の上だろう！　なんと多くの運命や真剣さや迫力や優雅さなどが、そのわずかばかりのささやかな娘たちの生活の中に含まれていることだろう！

植木屋のアンナも来ていた。彼女は、ほんの小娘だったころに、はじめての奉公先でふと盗みを働いて一ヵ月ほど臭い飯を食ったことがある。それ以来ずっと何年も忠実にまじめに働いて、律義者で通っていた。大きなとび色の眼をして、きつい口元をして、黙ってすわったまま、冷ややかに珍しそうに若者を見つめていた。警察沙汰の当時、彼女の恋人は彼女を裏切って結婚してしまったけれど、また独身になっていた。彼は今また彼女を追いかけ、どうしても彼女を手に入れようとしていた。しかし今度は彼女の方が、じつはまだ以前のようにひそかに彼を愛していたのにつれない態度をとり、もう彼のことなど何も知りたくないかのように振る舞っていた。

花輪屋のマルグレートは、いつも陽気で、赤味がかったブロンドのちぢれ毛を輝かせて、うたったり、はしゃいだりしていた。いつもこざっぱりした服装で、青いリボンとか、二、三の花飾りとか、何かしら綺麗な身なりを引き立てるものをつけていた。けれど決してお金を使わず、わずかなお金でも郷里の義父に送っていた。ところが、義父の方はそれをみんな飲んでしまって、お礼も言わなかった。彼女はその後、不幸な生涯を送ることになる。うまくいかない結婚や、そのほかさまざまな苦労を味わうけれど、それでも彼女は明るく、愛嬌があって、いつもさっぱりした身なりをしていた。以前のようにほほ笑むことはまれになったけれど、それだけにほほ笑むときにはいっそう美しかった。

こうしてほとんどの娘の誰もが、よろこびやお金や楽しみは少なかったのに、なんと仕事や心配事や不満をもつことが多かったことだろう！　それでも彼女らはなんとしたたかに切り抜け、いつも精いっぱい頑張り、ほとんど例外なくまったく健気でへこたれない女闘士だったことか！　そしてわずかな自由時間にほんのとるに足りないもの、たとえば洒落とか歌とか、ひとにぎりのクルミとか赤いリボンの切れ端などで、どんなに笑ったり、陽気になったりしたことか！　ひどくむごたらしい拷問の話が出ると、おもしろがって、どんなにふるえたことか！　悲しい歌にあわせてどんなにいっしょに歌い、溜息をつき、やさしい眼に大粒の涙を浮かべたことか！

もちろんなかには、感じが悪く、あら探し好きで、いつも不平や陰口をいう者もいたけれど、あのバベットが、必要とあらばやり込めてしまった。

彼女らもまたそれぞれに苦労をもっていて、その生活は楽ではなかった。ビショップ通りの角《かど》のグレートはとくに不幸な娘だった。彼女は生活も苦しかったけれど、自分に課す美徳のためにも苦しんでいて、女子青年会さえ、充分信心深いとも厳格とも思われず、自分に厳しい言葉が向けられるたびに、深く溜息をつき、唇をかみしめて「正しい者はたくさん悩まなければならない」と小声で言った。彼女は来る年も来る年も苦しんだけれど、それでもしまいにはお金を残した。ところが靴下いっぱいにためたターラー銀貨[4]を数えるたびに胸が迫って泣きはじめるのだった。二度ほど親方と結婚できる機会があったのに、二度とも断った。そのひとりは軽薄な男だったし、もうひとりはあまりにも正直で高尚なので、そんな人と暮らしては、溜息をついたり、その無理解に愚痴をこぼしたりすることもできないからであった。

そういう少女たちがみんな暗い中庭の隅に腰を下ろして、互いに身の上を語り合い、今夜こそ何か良いこと、楽しいことがあるのではないかと待っていた。彼女らの話や態度は、勉強をしている少年には、どうもあまり賢そうにも上品そうにも思えなかったけれど、やがてはじめのきまり悪さが消えてしまうと、彼もくつろいだ楽な気持ちになって、暗がりにうずくまっている少女たちを、珍しい、不思議に美しい絵を見るように眺めた。

「ええと、こちらがラテン語学校の生徒さんよ」とバベットが言って、さっそく彼の哀れな空腹に悩む話をしようとしたが、カールが彼女の袖を引いて懇願したので、ありがたいことにやめてくれた。

「それじゃ、あなたはきっとおそろしくたくさん勉強しなきゃならないのね」と花輪屋の赤味がかった金髪のマルグレートがたずね、続けて言った。「いったいあなたは何を勉強なさるつもり？」

「ええ、それはまだちゃんときめてないんです。多分、博士」

これはみんなに尊敬の念を起こした。そしてみんなが彼に注目した。

「でも、それじゃ、あなたはまず髭を生やさなければね」と薬屋のレーネが言った。すると彼女らは小声でクスクス笑ったり、金切り声で笑ったりして、いろいろなことを言ってからかった。バベットの助けがなかったら、彼はとてもかなわなかっただろう。しまいに彼女らは話をしてくれるように頼んだ。彼はずいぶんたくさんの本を読んでいたのに、恐怖を学びに行く男の童話しか思い浮かばなかった。けれど彼が話しはじめるとすぐに、彼女らは笑って、大声で言った。「そんなの私たちとっくに知っているわ」ビショップ通りの角のグレートがさげすむように言った。「それは子供のためのお話だわ」

それで彼は恥ずかしくなってやめてしまった。そこでバベットが彼に代わって約束した。

「この次には別の話をしますよ。彼のところにはたくさん本があるんですから」

これは彼にとっては助け舟になった。それで彼は、次にはみんなをすばらしくよろこばせてあげようと決心した。

そのうちに空は最後の青い微光も消えて、にぶい暗さの中に星がひとつ浮かんでいた。

「さあ、みんな帰らなくてはいけませんよ」とバベットが注意した。みんな立ち上がって、お下げや前掛けを揺すってきちんとし、互いにうなずき合って、裏の木戸から帰る者や、廊下と玄関を通って帰る者など、それぞれ立ち去って行った。

カール・バウアーも「おやすみ」を言って、満足したような、しないようなあいまいな気持ちで自分の部屋へ上がって行った。少年の思い上がりと、ラテン語学校生徒としての愚かさにどっぷり浸かっていた彼は、この新しい知り合いの中には自分の生活とは違った生活があり、これらの娘たちのほとんどすべてが生き生きした日常生活に鎖でしっかり結びつけられていて、それぞれ自分の中に力をもっており、彼にとっては童話の世界のように未知な物事を知っているということを認めないわけにはいかなかった。ちょっとした学者的なうぬぼれもなくはなかったけれど、彼は、このような素朴な生活の興味深い詩の世界を、大道芸人の歌や軍歌などごく庶民的なものの世界を、できるだけ深くのぞき込んでみたいと思った。けれど彼はこの世界が自分の世界よりも、ある点でははるかにすぐれたものであると感じた。そしてこの世界のもつさまざまな暴力や圧力を恐ろしく思った。

けれどもさしあたっては、そんな危険はまったく見られなかった。また娘たちの夜の集まりもだんだん短くなった。というのは、もう冬のさなかになっていたので、まだおだやかな天気であったけれども、毎日毎日、初雪が降る覚悟をしなければならなかったからである。

それでもともかく、カールはこの前の約束の話をすますことができた。それは、「ツュンデルハイナーとツュンデルフリーダー」で、彼が『宝の小箱』[5]の中で読んだ話であった。これは少なからぬ喝采を博した。最後に書かれている教訓は省いたけれど、バベットは、それが必要だと思って、自分でつけ加えた。グレートだけは別だったけれど、ほかの娘たちは話し手の手柄をほめそやし、交互に主要な場面をくりかえして、次回にもそういういい話をぜひしてほしいと頼んだ。少年も約束したけれど、もうその次の日は、寒くて戸外に出ることなど考えられなかった。それに、クリスマスが近づくにつれて、ほかの考えや楽しみが彼の心を占めるようになった。

彼は毎晩、彼の父に贈るタバコ入れの木箱をつくり、それにラテン語の詩を彫りつけようとしていた。けれどその詩にどうしても古典的な気品が出てこなかった。その気品がなくては、ラテン語の二行詩はさまにならないので、とうとう「ご健康を祈ります」とだけ大きな飾り文字でふたの上に書いて、その線を彫刻刀で彫って、軽石と蠟で箱を磨いた。それから気分よくクリスマスの休暇に旅立った。


一月は寒く、晴天が続いた。カールは暇さえあればスケート場へ滑りに出かけた。そうしたある日、彼は、あの美しい町の娘に対するちょっとした空想上の恋心を失う羽目になった。

彼の学友たちは、いろいろささやかな騎士的な奉仕をして彼女の歓心を買おうとしたけれど、彼女がその誰をも、同じように冷たく、少しからかうような慇懃《いんぎん》さと媚態であしらうのをカールはよく見ていた。そこであるとき彼は思い切って、いっしょに滑ろうと彼女を誘った。それほど赤くなったり、どもったりはしなかったけれど、やはり胸がドキドキした。彼女はやわらかな革の手袋をした小さな左手を、彼のしもやけで赤くなった右手に預けていっしょに滑りながら、彼が口説き文句をぎこちなく切り出そうとするのを露骨に面白がった。やがて彼女は軽く感謝し、うなずいて離れていった。そのすぐあとで彼女が女友だちの輪に入ると、その何人かが彼の方をずるそうに盗み見て、きれいで甘やかされた少女特有のやり方で、かん高く意地悪く笑うのが聞こえた。

これはあまりにもひどすぎた。このときから彼はもともと本気でなかったこの恋心を振り捨てた。そして彼女を醜女《しこめ》と呼んで、もうスケート場でも通りでも二度と挨拶しないことで溜飲《りゅういん》を下げた。

カールは、くだらない色恋沙汰にみじめに縛られていたことから抜け出したよろこびを形に表し、さらに高めようとして、夕方何人かの乱暴な仲間たちとたびたび冒険に繰り出した。彼らは警官をからかったり、明かりのついた家の一階の窓を叩いたり、呼び鈴のひもを引っ張ったり、ベルのボタンにマッチの軸木を差し込んだり、鎖でつながれた犬を狂ったように吠えさせたり、寂しい郊外の路地で少女や女性たちを口笛やカンシャク玉や小さな花火でびっくりさせたりした。

カール・バウアーは冬の夜の闇にまぎれてこうしたいたずらをするのが、しばらくはひどく痛快だった。思い上がった楽しい気持ちと、同時に胸苦しいほど何かやってみたい熱望が彼を無鉄砲にし、甘い胸のときめきを覚えさせた。誰にも打ち明けず、彼は酒に酔うようにそれを味わった。その後、彼は家では長いあいだヴァイオリンを弾いたり、はらはらする本を読んだりした。すると略奪から帰ってきた盗賊騎士がサーベルをぬぐって壁に架け、おだやかに燃える光を放つ松明《たいまつ》に点火したような気分になるのだった。

けれどこうした夕方の冒険にいくら出かけても、いつも同じようなくだらない遊びや悪ふざけに終わるばかりで、ひそかに期待していた本物の冒険など起こりそうもなかったので、この楽しみにもだんだん嫌気がさしてきて、彼は大はしゃぎしている仲間に失望して、しだいに身を引くようになった。ところが、最後に行を共にし、気の進まないまま参加したあの晩に、ちょっとした事件が起こったのである。

少年たちは四人で、ブリューエル小路を行ったり来たりして、小さなステッキをもてあそびながら、何かいたずらはできないかと考えていた。ひとりがブリキの鼻眼鏡を鼻にかけ、四人ともそれぞれソフトや鳥打ち帽子をだらしなくあみだにかぶっていた。しばらくして、急ぎ足でやって来るメイドに追いつかれた。彼女はすばやく四人のそばを通り過ぎて行った。腕に大きな手提げ籠を下げていた。その籠から黒いリボンの端が長く垂れ下がって、それが陽気にひるがえったり、すでに汚れた端が地面に触れたりしていた。

別にこれといった考えもなく、カール・バウアーははしゃいでリボンをつかみ、しっかり握った。若いメイドが気にもとめずにどんどん歩いて行くうちに、リボンはだんだん長くほどけていった。少年たちは小躍りしてよろこんでどっと笑った。すると少女は振り返るや、笑っている四人の少年の前にすばやく立ちはだかった。美しい、若い、金髪の少女だった。彼女はカールにびんたを食らわせると、ほどけたリボンを急いで拾い上げて、さっさと行ってしまった。

今度は叩かれたカールが嘲笑の的になった。けれどカールは黙りこくったまま、次の街角でいきなり別れを告げた。

奇妙な気持ちだった。薄暗がりの路地でちらと顔を見ただけだったのに、その少女が非常に美しく、愛らしく思われた。その手で叩かれたことはひどく恥ずかしいことだったけれど、痛いというよりは、むしろ気持ちがよかった。けれどこのかわいい少女に愚かな子供じみたいたずらをしたこと、少女が彼に腹を立て、彼を馬鹿ないたずら小僧だと思うに違いないと考えると、後悔と恥ずかしさに胸が熱くなるのであった。

ゆっくり彼は家に戻って来た。急な階段を上がるときも、口笛の歌も吹かず、静かに、しょんぼりと部屋に上がった。半時間のあいだ彼は額を窓ガラスにあてたまま、暗い、冷たい小部屋にすわっていた。それからヴァイオリンを取り出して、幼いときから知っている穏やかな、なつかしい歌ばかり弾いた。その中には、ここ四、五年歌うことも弾くこともなかった歌がいくつかまじっていた。彼は故郷の姉や、カスターニエ[6]の木や、ヴェランダの赤いキンレンカのことや、母のことを思い出した。そして疲れ果ててぐったりとなってベッドに横たわりながら、しかも眠りにつけずにいるうちに、この強情な冒険家で町の悪童は声をしのんでしくしく泣きはじめ、眠りにつくまで静かに泣き続けていた。

カールはこれまでの夜遊びの仲間のあいだで、臆病者、脱走者という評判を立てられるようになった。彼はもう二度とこのような夜遊びに加わらなかったからである。その代わり、彼は『ドン・カルロス』[7]やエマーヌエル・ガイベル[8]の詩や、ビーアナッツキー[9]の『難船物語』を読み、日記をつけはじめた。そして親切なバベットがいつでも助けようとしているのに、もうめったに頼もうとしなかった。

バベットの方では、少年はどこか具合が悪いに違いないという印象を受けた。そしていったん彼の世話を引き受けたからには、間違いのないようにしてやろうと思って、ある日彼女はカールの戸口に姿を現した。手ぶらではなく、立派な一切れのリヨンハムを持ってきて、カールに彼女の目の前ですぐにそれを食べるようにせき立てた。

「ああ、いいんだよ、バベット」と彼は言った。「今はぜんぜんお腹がすいていないんだ」

けれどバベットは、若い人はいつでも食べることができなくてはならないという意見で、カールが彼女の言う通りにするまで譲らなかった。彼女は以前、ギムナージウムでは若い人たちが過重の負担を負っていると聞いていたけれど、自分が世話をしているカールがおよそ勉強のしすぎなどということからどんなに離れているか知らなかったので、彼の食欲が目立って減退しているのは、病気の始まりだと思い、真剣に彼の良心に語りかけ、身体の具合をこまごまとたずね、ついにはよく効くという民間の緩下剤をすすめた。さすがにカールは笑わずにはいられなくなって、自分はまったく健康で、食欲がないのは気分のせいで、むしゃくしゃしているせいだと説明した。バベットはすぐにわかってくれた。

「けれどあんたの口笛を聴くことがほとんどないじゃないの」と彼女は元気に言った。「誰か亡くなったわけじゃないんでしょう。ねえ、まさか恋をしてるんじゃないでしょうね」

カールは、すこし赤くなるのを抑えることができなかったけれど、怒ってその疑いをはねつけ、少し気晴らしが必要なだけだ、退屈しているんだと主張した。

「それじゃさっそくだけど、いいことがあるわよ」とバベットは楽しそうに言った。「明日は下の角のリースちゃんの結婚のお祝いがあるのよ。婚約してからもうずいぶん長くなるけど、相手は職人さんよ。もっといい縁組だってできるのにと世間では考えているようだけど、相手の人はいい人だし、何もお金だけで幸福になれるわけじゃないわ。あんたも婚礼にいらっしゃい。リースはもうあんたを知ってるのよ。あんたが来て、お高くとまってないところを見せれば、みんなよろこぶわ。植木屋のアンナもビショッフ通りの角のグレートも来て、それに私で、大勢じゃないわ。お金をかけたって誰が払うの？　ほんの静かな結婚式で、家でやるの。大げさなご馳走とかダンスなんかもないんだけど、そんなものがなくても楽しくやれるわ」

「でもぼくは招待されていないし」と、あまり心ひかれることでもなかったので、カールはいぶかしそうに言った。けれどバベットは笑っただけだった。

「まあ。何よ。私がちゃんとやりますよ。たかが夕方一時間か二時間のことよ。それにいいことを思いついたわ。ヴァイオリンを持ってらっしゃい。――どうして駄目なのよ！　あら、馬鹿な言い逃れよ！　持ってくるのよ。いいわね。楽しくなるし、みんなあんたにお礼を言うわ」

若者が承諾するまでに長くはかからなかった。

次の日の夕方近く、バベットが彼を迎えに来た。大切にしまっておいた若いころの晴れ着を着ていたけれど、ひどく窮屈そうで、暑そうだった。それにお祝いがうれしくてすっかり興奮して、顔を赤くしていた。けれどカールの着替えが待ちきれなくて、カラーだけ新しいのに替えるように言った。そして礼服を着ているのに、カールのブーツを磨いてやった。それから二人は連れ立って、若夫婦が台所と寝室つきの部屋を借りている郊外の貧しいアパートへ出かけていった。カールはヴァイオリンを持って行った。

二人はゆっくりと注意深く歩いて行った。昨日から雪どけ模様になっていたので、靴を汚さないで着きたいと思ったのだ。バベットはおそろしく大きな雨傘をわきの下に抱え、赤茶色のスカートを両手で高くたくし上げていたので、これにはカールも閉口して、いっしょのところを見られるのが恥ずかしいくらいだった。

白い漆喰塗りの新婚夫婦の居間の、きれいに支度のできたモミ材のテーブルのまわりに七、八人の人たちがいっしょにすわっていた。新婚の夫婦のほかに新郎の同僚が二人、新婦の親戚の女性や友だちが二、三人であった。お祝いのご馳走にサラダを添えたローストポークが出ていた。そしてちょうどテーブルにケーキが出てきて、そのとなりに大きなビールのジョッキが二つ置いてあった。バベットがカール・バウアーといっしょに着くと、みんな立ち上がった。主人が恥ずかしそうに二度おじぎをすると、話のうまい婦人が挨拶と紹介を引き受けた。そして客のひとりひとりが後から到着した二人に手を差し出した。

「お菓子を取ってください」と女主人が言った。そして主人は黙ってコップを二つ置いて、ビールを注いだ。

まだランプが灯されていなかったので、カールは挨拶のときも、ビショッフ通りの角のグレートのほか誰にも気がつかなかった。バベットの目配せで、カールはそのためにバベットが彼に渡しておいた紙に包んだお金を主婦の手に握らせ、お祝いの言葉を述べた。それから椅子が勧められて、彼はビールのコップの前にすわった。

その瞬間、彼は先日ブリューエル小路で彼の頬にびんたをした若いメイドの顔を見て、ハッと驚いた。けれど彼女はカールを覚えていないらしかった。少なくとも彼女は彼の顔を見てもどうもなかったし、主人の発声でみんなが乾杯し合ったとき、親しそうにカールの方へコップを差し出した。それでカールはいくらか安心して、思い切ってまともに彼女の顔を見た。あのときはちらと見ただけで、その後は一度も見なかったその顔を、彼はこのごろ毎日何度も思い出していたのだった。今、彼はその顔がどんなに違って見えるかに驚いた。彼女は彼が心に思い描いていた姿よりももっとやさしく、もっと繊細で、またほっそりとして軽やかだった。けれど美しさは変わらないどころか、ずっと愛らしかった。そして彼女は彼と同い年のように思われた。

ほかの者たち、とくにバベットとアンナはさかんに話し合っていたけれど、カールは何も言うことがなくて、じっと腰掛けたままビールのコップを手の中で回し、若い金髪の娘から眼を離さなかった。この唇にキスすることをどんなにたびたび願っていたかを思い出すと、彼は自分でも驚いてしまった。彼女を長く見つめていればいるほど、キスすることなど困難で、厚かましい、それどころかまったく不可能なことだと思われたからだ。

カールは気後れがして、しばらく黙り込んでつまらなそうにすわっていた。そのときバベットが彼の名を呼んで、ヴァイオリンを取って何か弾いてくれるように促した。少年は辞退して少し遠慮してみせたけれど、やがてケースから楽器を取り出して、調子を合わせ、みんなのよく知っている歌曲を弾いた。高い調子を出しすぎたけれど、その場にいた人たちはみなすぐにいっしょに歌った。

これでその場の雰囲気がほぐれて、テーブルの周りはすっかり陽気になった。真新しい小さな置きランプが持ち出され、油が入れられ、火が灯された。つぎつぎに歌声が部屋じゅうにわきあがり、新しいジョッキが追加された。カールはあまりダンス曲を知らなかったけれど、そのうちのひとつを弾くと、たちまち三組が立って、いかにも狭すぎる部屋の中を笑いさざめきながら踊りまわった。

九時ごろに客は帰りはじめた。金髪の少女はしばらくカールやバベットと同じ道を歩いた。途中でカールは思い切って少女に話しかけた。

「この町であなたはどこにお勤めですか？」と彼ははにかみながらたずねた。

「商人のコルデラーさんのところよ、ザルッ小路の角の」

「そう、そうか」

「ええ」

「そうなんですか、そう」

それから長い間があった。けれど彼は思い切ってもう一度続けた。

「もうここには長いんですか？」

「半年です」

「一度会ったことがあるように、さっきから思っているんだけど」

「でも私はお会いしてないわ」

「一度夕方、ブリューエル小路で、違いますか？」

「そのことは何も知りません。だって町で会った人をそんなによく見られませんもの」

彼はほっと息をついた。彼女はあのときのいたずら者が彼だとは知らなかったのだ。彼はすでに、彼女にお詫びをしようと決心していた。

そのとき、彼女は通りの曲がり角に来て、別れを告げるために立ち止まった。彼女はバベットに手を差し出した。それからカールに向かって言った。「じゃ、さよなら、学生さん、それにどうもありがとう」

「なんのこと？」

「音楽のことよ、素敵な音楽。それじゃ、お互いにおやすみなさい」

カールは、彼女がちょうど向きをかえようとしたとき、手をさし出した。彼女はちょっと彼女の手をその手の中に置いた。それから去っていった。

そのあとで、バベットに階段の踊り場でおやすみなさいを言ったとき、彼女がたずねた。「ねえ、楽しかった、それとも？」

「楽しかった。ほんとうに楽しかった！」と彼は幸福な気持ちで言って、真っ暗なのがうれしかった。自分の顔に熱い血がのぼってくるのを感じたからである。

日が長くなった。日増しに暖かくなり、青空が見えるようになった。またどんな隅っこの掘割や庭の片隅に長く残っていた汚れた雪も溶けて、明るい午後には吹く風の中にも早春の予感が感じられた。

そこでババベットも夕方の中庭の集いを再開して、天候が許すかぎり、地下室の入り口の前に腰を下ろして、友だちや面倒を見ている娘たちと話し合った。けれどカールはそれを避けて、恋する人の夢想にふけりながら歩きまわっていた。小動物を部屋で飼うこともやめてしまい、もう彫刻も指物細工もやめた。そのかわりに一対の並はずれて大きく重いバーベルを手に入れて、ヴァイオリンを弾いてもなんの助けにもならないときは、それを持って、へとへとになるまで部屋をあちこち体操してまわった。

三度か四度、カールは明るい金髪の若いメイドと路地で出会い、会うたびにその子が可愛らしくきれいだと思った。けれどその子と話はしなかったし、そんな見込みもなさそうに思えた。

ある日曜日の午後、それは三月の最初の日曜日であったけれど、カールが家を出ようとしているときに、そばの小さな中庭に集まっているメイドたちの声を耳にして、急に好奇心をそそられ、門に寄りかかって隙間から中をのぞいて見ると、グレートと花輪屋の陽気なマルグレートがすわっているのが見え、その後ろに明るい金髪の頭がちょうどそのとき、ちらと見えた。カールはあの少女、金髪のティーネだとわかって、うれしい驚きのためにまず深呼吸をして勇気を奮い起こさなければならなかった。それからはじめて戸を開けて、みんなのいるところへ入って行くことができた。

「私たち、学生さんは偉くなりすぎて来ないと思っていたわ」とマルグレートが笑いながら大声で言って、真っ先にカールに手をさし伸ばした。バベットは指でカールを脅す身振りをしたけれど、すぐに席を空けて彼にすわるように言った。それからみんなは前の話を続けた。けれどカールはすぐに自分の席を離れて、しばらくあちこちぶらついてからティーネの隣に立ち止まった。

「そうか、あなたも来ていたんですね」と彼は小声でたずねた。

「もちろんよ。来ちゃいけないの？　いつもあなたがいつ来るかと思っていたわ。でも、あなたはいつもお勉強しなきゃならないのね」

「ああ、勉強のことはそんなに大変じゃないんです。それはなんとでもなるんです。あなたが来ていることを知っていさえしたら、ぼくはきっといつも来たでしょう」

「あら、そんなお世辞はおっしゃらないで！」

「でもほんとうなんです。誓って。ねえ、あの結婚式のときはとても楽しかったですね」

「ええ、ほんとに素敵だったわ」

「あなたがいたからですよ、そのためですよ」

「そんなこと言わないでください、ご冗談ばっかり」

「いいえ、いいえ、悪く思わないでください」

「どうしてまた悪く思うなんて?」

「心配だったんです。もう二度とあなたに会えないんじゃないかと」

「そう、で、会えなかったら?」

「そうしたら――そうしたら何をしたかわからない。水の中へ飛び込んだかもしれない」

「あらまあ、お肌がかわいそうよ、ずぶ濡れになっちゃうわ」

「いいです。もちろんあなたにはお笑いぐさにしかならないでしょう」

「そんなことありません。でもあなたは、頭の中がくらくらするようなことをおっしゃるでしょう。気をつけてください。そうじゃないと私、すぐ信じちゃうわよ」

「いいですよ。そのつもりなんですから」

　ここでグレートの耳障りな声に邪魔された。彼女は、ある意地悪な主人の恐ろしい話を、金切り声をあげて、訴えるように、長々と話した。その主人はメイドを虐待して、食事もろくろく与えず、彼女が病気になってしまうと、こっそり解雇してしまったというのである。そして彼女が話し終わると、みんながいっせいに声を張り上げて口をはさんだので、バベットが静かにするように注意した。議論に熱中して、ティーネの隣の娘がティーネの腰の周りに腕を巻きつけていた。それでカール・バウアーは当分二人の会話を続けることはあきらめねばならないと思った。

実際また新たに近づくチャンスも来なかったけれど、彼は辛抱強く待っていた。やがて二時間ほどしてからマルグレートが解散の合図をした。もう薄暗くなってきて、寒くなってきた。彼はさっさとさようならを言って、急いでそこから立ち去った。

十五分ほどして、ティーネが自分の家の近くで最後の連れに別れを告げて、短い距離をひとりで歩いて行ったとき、突然一本のカエデの木陰からカールが彼女の前に歩み出て、はにかみながらていねいに挨拶した。彼女はちょっと驚いて、怒ったような顔で彼を見つめた。

「いったいなんのご用なの、あなた？」

そのとき彼女は若いカールがすっかりおどおどして青ざめているのに気がついて、まなざしと声を和らげた。

「いったい、どうかなさったの？」

彼はひどく口ごもって、ほとんどはっきりしたことを言えなかった。それでも彼女は彼が言おうとしていることを、そして真剣であることを理解した。そして彼女は、少年が彼女に夢中になってとほうにくれているのを見ると、気の毒になったけれど、だからといって自分の勝利に対して誇りとよろこびを感じないわけではなかった。「ばかなことをしてはいけないわ」と彼女はやさしく彼に言い聞かせた。そして涙をこらえた彼の声を聞いたとき、付け加えて言った。「いつかまたいっしょに話しましょう。今は帰らなくてはなりません。それにそんなに興奮してはいけませんわ。いいわね。じゃ、また会いましょう！」

そう言って彼女は会釈しながら急いで帰った。彼はゆっくり、ゆっくり歩いて行った。そのあいだに夕闇は濃くなり、すっかり暗くなって夜になった。彼は街道を通り、広場を越えて、家々や塀や庭園やおだやかに流れる泉のそばを通り過ぎ、郊外の畑に出て、それからまた町へ戻って、市役所のアーチの下をくぐり、山の手の広場を通って行った。けれど何もかも変わってしまっていた。見知らぬおとぎの国になってしまった。ぼくはひとりの娘を愛している。そしてそれを彼女に言った。そして彼女はぼくに対してやさしかった。そしてぼくにまた会いましょうと言ってくれたのだ！

こうして長いあいだ彼はあてどなく歩きまわった。冷えてきたので、ズボンのポケットに両手を突っ込んでいた。自分のところの路地で眼を上げて、その場所がわかると、夢想から覚めて、夜遅い時間であるのもかまわず、高い、鋭い音を立てて口笛を吹きはじめた。口笛は夜の通りにこだまして響き渡った。そしてクステラー未亡人の冷たい廊下に入ってはじめて鳴り止んだ。

ティーネは今度のことをどうしたらよいのだろうかといろいろと思い悩んだ。いずれにしても、期待の熱望と、甘い興奮のために物事をよく考えることができなくなっている恋する少年よりも、彼女の方がよけい悩んだ。事件を心に浮かべてよく考えてみればみるほど、ティーネはあの可憐な少年に非難すべきところは見つからなかった。それにまた、あんなに上品で教養のある、そのうえ純情な少年が自分に恋してくれているという意識は、彼女にとってひとつの新しい快感であった。けれども、彼女にもっぱら困難な問題や障害しかもたらさず、一向にしっかりした目標に到達できないような恋愛関係は、彼女は一瞬たりとも考えられなかった。

そうかといって、つれない返事をしたり、まったく返事をしなかったりして、気の毒な少年を苦しめるのもやはり忍びなかった。できれば、なかば姉のように、なかば母のように優しく冗談めかして説き聞かせてあげたかった。この年ごろの女の子は、もう男の子よりしっかりしていて、態度もしっかりしてくる。まして自分のパンを自分でかせいでいるメイドは、人生経験にかけてはどんな生徒や学生よりもはるかに勝っているものである。ことに学生が恋に落ちて、女性の言いなりになってしまうときはなおさらである。

当惑したティーネは二日間というもの思い悩んで決心が揺れ動いた。厳しくはっきり拒絶する方がやはり正しいと思っても、そう決心するたびに、彼女の心がそれに逆らい、少年に恋しているわけではないけれど、やはり彼に対して思いやりのあるやさしい好意を抱いていたからである。

そして結局、彼女はこのような状態に陥ったときにたいていの人びとがするようにした。つまり決心したことを長いあいだ比較して考えているうちに、いわばすり切れて、どの決心も最初のときと同じように疑わしい揺れ動く状態に戻ってしまうのだった。そしていざ実行する段になると、それまで考えたり決めたりしたことは一言も言えなくて、カール・バウアーの場合とまったく同じように、そのときの成り行きにまかせてしまった。

カールには、三日目の晩、もうかなり遅くなって買い物に出されたときに、家の近くでばったり出会った。カールはひかえめに挨拶をして、かなり気後れしているように見えた。二人の若い男女はそのとき向かい合って立ったまま、お互いに何を言ったらよいかわからないでいた。ティーネは人に見られてはいけないと思い、開いたままの門の中へ急いで入った。カールもおそるおそる続いて入って行った。わきの厩《うまや》で馬が足掻《あが》いていた。そしてどこかの屋敷か庭で、不慣れな初心者がフルートの初歩運指法を練習していた。

「でもなんてひどい吹き方かしらね！」とティーネは小声で言って、不自然に笑った。

「ティーネ！」

「はい、なあに？」

「ああ、ティーネ――」

内気な少年は、どんな宣告が自分を待っているのかわからなかったけれど、この金髪の少女が和解できないほど腹を立てているのではないように思われた。

「きみが大好きだ」と彼は蚊の鳴くような声で言って、すぐに、彼女を断りもなく「きみ（du）」と呼んだ[10]ことに驚いた。

ティーネはしばらく返事をためらっていた。そのとき、頭の中がすっかりからっぽになり、くらくらしていた彼は、彼女の手をつかんだ。そして彼はとてもおずおずとして、その手をとても不安そうに、そっと哀願するように握ったので、ティーネは彼を当然非難すべきだと思いながらそれができなくなった。かえって彼女はにっこりして、この哀れな恋人の髪の毛を空いている左手でなでてやった。

「ぼくを怒っていないの？」と彼はこのうえなく幸せな思いに驚いてたずねた。

「いいえ、あなた、可愛い人」とティーネは今度は親切に笑った。「でも、私、もう行かなくては。うちの人たちが待っているの。私、ソーセージを持って行かなきゃならないの」

「いっしょに行っちゃいけないの？」

「だめよ。何を考えてるの？　先にお家へお帰りなさい。いっしょにいるところを誰かに見られたらまずいわ」

「それじゃ、おやすみ、ティーネ」

「ええ、さあ、帰るのよ！　おやすみ」

カールはもっといろいろ聞きたいことや、頼みたいことがあったけれど、今はそんなことはまったく考えず、幸せな気持ちで、かろやかな、ゆったりした足どりで歩いて行った。舗装道路がまるでやわらかな芝生であるかのように、そしてまるでまぶしい明るい土地から出て来たかのように、眼がくらんで心の中のものしか見えなくなった。カールはティーネとはほとんど話らしい話もしなかったけれど、彼女を恋人のように「きみ」と呼び、彼女も彼をそう呼んでくれた。カールはティーネの手を握ったし、ティーネはカールの髪をなでてくれた。それは彼にとって十二分のことに思われた。そして数年後になっても、彼はこの晩のことを思い出すたびに、幸福と感謝がともし火のように心をいっぱいにするのを感じるのであった。

もちろんティーネも、あとでこの出来事をよく考えてみると、どうしてそうなってしまったのか、まったくわからなかった。けれど、カールがこの夜のことを幸せな体験だと思い、それを彼女に感謝していることはよくわかっていた。また彼女はカールの子供らしいはにかみを忘れず、結局この出来事にさほど大きな禍《わざわい》を見出すことはできなかった。ともかくこの賢い少女は、あの夢中になっている少年に対して責任があることを知っていたので、これからは彼をできるだけおだやかに、そして確実に、この結ばれた糸から正しい方向へ導こうと決心した。

というのは、ある人間のはじめての恋というものは、それがどんなに神聖ですばらしいものであっても、やはり一時的なもので、回り道にすぎないということを、彼女は、まだそれほど以前ではないけれど、自分自身で苦しみをもって体験していたからである。それで彼女は、カールに不必要な苦しみを与えないでこの事件を切り抜けさせたいと望んだのである。

次に二人が会ったのは、ようやく日曜日になってからで、バベットのところであった。そこでティーネはカールに優しく挨拶し、彼女の席から一、二度ほほ笑んでうなずきかけ、何度か彼を会話に引き入れた。その他の点では、彼に対して以前と違うところは見られなかった。けれどカールにとっては、ティーネのひとつひとつの微笑がはかりしれないほど大きな贈り物であり、ひとつひとつの視線が彼を輝きと灼熱で包む炎であった。

ところが二、三日後、ティーネはとうとう少年とはっきり話をつけることになった。午後の放課後のことであった。カールはまたもやティーネの家のまわりをうかがっていた。それが彼女には気に入らなかった。ティーネは彼を小さな庭を通って家の裏の木材倉庫に連れて行った。そこはおがくずと乾燥したブナ材の匂いがした。そこでティーネは彼を叱った。とくに、あとをつけたり、待ち伏せしたりすることを禁じた。そして彼のような若い恋人にどういうことがふさわしいかをはっきり説明した。

「あなたは集まりがあるたびにバベットのところで私に会えるわ。そしてそこから、あなたがよければ、私といっしょに帰れるわ。でも、ずっと全部じゃなくって、ほかの人たちといっしょのところまでよ。私と二人だけで行くことはできないのよ。そしてほかの人たちに用心して、しっかり気をつけていないと、何もかも駄目になってしまいます。どこにでも人の眼があって、煙を見ると、すぐに火事だと叫ぶのよ」

「うん、だけどぼくはきみの恋人なんだから」とカールは少し泣きそうな声で訴えた。

彼女は笑った。

「恋人ですって！　今またどうしたっていうの！　そんなこと、パベットか国のお父さんか先生に言ってごらんなさい！　私、あなたが本当に大好きで、あなたにふさわしくありたいわ。でもあなたは恋人になるのなら、その前に一人前になって、自活できるようにならなければいけないわ。そうなるまでにはまだなかなかよ。今はまだあなたは生徒の身で恋をしているのよ。あなたに好意をもっていなければ、こんな話決してしないわ。だからといって、しょげることはないのよ。しょげたってどうにもならないわ」

「じゃ、ぼくはどうすればいいの？　ぼくのこと好きじゃないの？」

「まあ、お坊ちゃんね！　そんなこと言ってないわ。冷静に考えた方がいいわ。そしてあなたの年ごろで手に入れられないものを欲しがってはいけないの。私たちはよいお友だちでいて、時期を待ちましょう。そうすれば何もかもよくなるわ」

「そう思う？　でもやっぱりぼくはきみに言いたいことがあるんだ――」

「なあに？」

「うん、ええ――つまり――」

「言いなさいよ！」

「――一度ぼくにキスしてくれないかな」

彼女は、赤くなって不安そうにたずねている顔と、少年らしい可愛らしい唇を見つめ、一瞬、彼の望みをかなえてやってもいいような気がした。けれどすぐに自分を叱りつけ、厳しく金髪の頭を振った。

「キスですって？　いったいなんのために？」

「ただそれだけだよ。怒らないでよ」

「怒ってはいないわ。でも厚かましくなっちゃいけないわ。そのことはまたいつか話しましょう。知り合ったばかりなのにもうキスだなんて！　こういうことは遊び半分にしてはいけないわ。さあ、しっかりするのよ。日曜日にまた会えるわ。そのときはまたヴァイオリンを持ってきてね。いいわね」

「うん、もちろん」

ティーネはカールを帰らせて、彼が考えこんでちょっと不満そうに立ち去るのを見送った。そしてカールはやっぱりちゃんとした少年だ、彼をあまり苦しめてはいけない、と思った。

ティーネの忠言はカールにとっては苦い薬であったけれど、彼はそれに従い、不快には思わなかった。たしかに彼は恋愛について多少違ったふうに考えており、はじめはちょっとがっかりしたけれど、やがて、与えることは受けることより幸せであり、愛することは愛されることよりももっとすばらしく、もっと幸せだ、という古い真理を発見した。自分の恋を隠したり恥じたりする必要はない、それはさしあたって報いられないとしても、認められたのだということが、彼に楽しみと自由の感情を与え、それまでのつまらない、生活基盤の狭い範囲からもっと高い、大きな感情や理想の世界へカールを高めてくれた。

それからいつも、カールはメイドたちの集まりでヴァイオリンで二、三の小曲を演奏した。

「これはきみのためだけに弾いているんだよ、ティーネ」と彼は後で言った。「ほかに何もあげられないし、してあげられることもないからね」

春が次第に近づいてきたと思ったら、突然春のさなかになっていた。淡いみどり色の牧場に黄色い星形の花が咲き、遠い森に覆われた山々は南風《フェーン》のために深い青色に染まり、木々の枝には若葉のヴェールがかかり、渡り鳥がまた戻ってきた。主婦たちは、ヒヤシンスやゼラニウムの鉢を窓の外の緑色に塗った草花の箱に入れた。主人たちは昼には門の下でシャツ姿になって食後の休憩をとり、夕方には戸外で九柱戯[11]をした。若い人たちは落ち着かなくなり、情熱的になって、恋し合った。

もうみどり色につつまれた谷間の上におだやかな青空がひろがり、ほほ笑みながら明けたある日曜日に、ティーネは女友だちのひとりと散歩に出かけた。二人は一時間ほどの距離にある森の中の城跡、エマーヌエンスベルクに行こうとしていた。

ところが、郊外へ出たばかりのところで一軒の楽しげな料理店の前を通りかかると、音楽が鳴り響き、丸い芝生の上でゆるやかなワルツの民族舞踊が踊られていた。二人はその誘惑に負けずに通り過ぎはしたものの、足の運びはゆっくりと、ためらいがちになった。道がカーブしているところで、そこを曲がるときに、遠くから聞こえてくる音楽の甘く高まる波をもう一度聞いたとき、二人の足取りはなおいっそう遅くなり、とうとうまったく進まなくなり、道端の牧場の柵にもたれて、遠く耳を澄ました。そしてしばらくするとまた歩く力を取り戻したけれど、やはり楽しく憧れをそそる音楽の魅力が強くて、二人を引き戻してしまった。

「昔からあるエマーヌエンスベルクは逃げて行きはしないわ」と友だちが言った。二人ともこの言葉で慰め合って、顔を赤らめながら、眼を伏せて庭園の中へ入って行った。そこでは木の枝や茶色い樹脂の多いカスターニエの木の芽が網の目状になってい て、その向こうに、青空がいっそう青く笑っていた。すばらしい午後であった。ティーネが夕方近く町へ戻って来たときには、ひとりではなく、たくましく、すてきな男性に大切に送られてきた。

そして今度はティーネはいい人にめぐり合った。彼は大工職人で、親方になり、結婚できるようになるまでそんなに長く待たなくともよかった。彼は愛情についてはそれとなく、口ごもりながら話したけれど、自分の境遇や将来の見込みについてははっきりとよどみなく話した。それによって、彼がもう気づかれずにティーネに二、三度会っていて、好ましく思っていたことや、一時的な恋の満足を問題にしているのではないということがわかった。一週間、ティーネは毎日彼に会って、日に日に彼が好きになった。同時に二人は必要なことを何もかも話し合って、意見が一致し、お互いのあいだでも、知り合いの前でも婚約者として認められるようになった。

最初の夢のような興奮に続いて、ティーネは、静かな、ほとんど厳粛ともいえるよろこびにひたった。そのために彼女はしばらくのあいだ何もかも忘れてしまった。かわいそうな生徒カール・バウアーのことも忘れてしまった。カールはそのあいだじゅうむなしくティーネを待っていた。

すっかり忘れていた少年のことをふたたび思い出したとき、ティーネはひどくかわいそうに思ったので、はじめは、今度のことをしばらく彼には話さないでおこうと考えた。けれどもまた、それはよくない、許されないことだ、と思った。そして考えれば考えるほど、ますます難しいように思われた。予感さえしていない少年に、いきなりあからさまに話すのは心配だったけれど、やはりそれが唯一のよい方法だということがわかった。

そして、今になってはじめて彼女は、少年とのこの好意から出たたわむれが、どんなに危険なものであったかを知った。いずれにしても、少年が今度の新しい関係について他人から聞き知る前に、なんとかしなければならなかった。自分のことを少年に悪く思われたくなかったのである。はっきりと意識したわけではないけれど、自分が少年に恋の前触れと予感を与えてしまったこと、そして裏切られたという意識が彼を傷つけ、この体験が彼を毒することになるだろうと感じた。この少年との事件にこんなに悩ませられることになろうとは、彼女はまったく考えてもいなかった。

とほうにくれた彼女はとうとうバベットのところへ行った。バベットはもちろん恋愛問題について最適任の裁き手ではないかもしれなかった。けれどティーネは、バベットがあのラテン語学校生を好いていて、その体調を気づかっていることを知っていた。そしてバベットの非難を耐えることの方が、若い恋人を保護者のいない一人ぼっちに放っておくよりもましだと思った。

はたして非難されずにはすまなかった。バベットはティーネの言葉を一部始終、注意深く黙って聞き終わったあとで、床を踏み鳴らして怒り、告白をしたティーネをひどい憤懣《ふんまん》をあらわにしてどなりつけた。

「きれいごとを言うんじゃないよ！」とバベットは激しくティーネをどなりつけた。「あんたはあの子を引きずり回して、罰当たりにもてあそんだのよ。あのバウアーを。そうに違いないんだ」

「悪態ついたってたいして役に立たないわよ、バベット。ねえ、ただ面白半分にやったのだったら、今あんたのところへ駆けつけてきて、打ち明けたりしないわ。私にとってもそんなに簡単なことじゃなかったのよ」

「そう？　それで今どうしようと思っているのさ。それでいったい誰に後始末をさせようっていうの？　ええ？　たぶん私なんだろう？　そして何もかもあの子にかかっていくんだわ。あのかわいそうな子に」

「ええ、あの人とても気の毒だと思うわ。でも聞いてちょうだい。私はこれからあの人に会って、自分で何もかも話そうと思うの。自分だけ楽をしようとは思わないわ。ただ私、あなたにだけは知ってもらいたかったの。あとであの人があんまりひどく苦しむようだったら、目をかけてやってほしいの。――もし、そうしていただけたら――？」

「ほかにしようがあって？　あんた、ばかね。いくらか身にこたえたでしょう。見栄を張ったり、偉ぶったりするからよ。自業自得よ」

この話し合いの結果、年配のメイド、バベットはその日のうちに、自分が関与していることをカールに感づかせずに、二人を中庭で会わせるように取り計らった。夕方近くになっていた。小さな中庭の上にわずかに見える空が弱い金色に燃えていた。けれど門の隅は暗かったので、そこにいる若い二人は誰からも見られなかった。

「ねえ、カール、私、あんたに言わなきゃならないことがあるの」と娘は切り出した。「今日私たち、さよならを言わなきゃならないの。どんなことも終わりがくるものだわ」

「でもいったいどうしたの――なぜ――？」

「私、今度お婿さんができたから――」

「お婿さん――」

「落ち着いて、いいわね、まず私の話を聞いて。ねえ、あんたは私を好いてくれたわね、それで私はあんたをそんなにそっけなく突き放したくなかったの。だからすぐに私は言ったでしょう、だからってあんたは自分を私の恋人だなんて思っちゃいけないって。そうでしょう?」

カールは黙っていた。

「そうでしょう?」

「うん、そうだった」

「で、今私たち終わりにしなくちゃいけないの。あんたも難しく考えないでね。町には女の子はいっぱいいるわ。私だけがただ一人の女じゃないし、あんたにふさわしい女でもないわ。だってあんたは勉強して、あとで立派な紳士に、おそらく博士になる人ですもの」

「やめてよ、ティーネ、そんなこと言わないで!」

「でもやっぱりそうだわ、そうなるに違いないわ。それに言っておきたいんだけど、はじめての恋なんて、決して本物じゃないのよ。そんなに若くては自分が望んでいるものなんて全然わかるもんじゃないわ。ちゃんとしたものなんか生まれはしないわ。

そして後になって何もかも違って見えてきて、正しくなかったってことがわかるのよ」

カールは何か答えたかった。言い返したいことはたくさんあったけれど、悲しくて一言も口に出せなかった。

「何か言いたいことがあるの？」とティーネがたずねた。

「ああ、きみは、きみはぜんぜんわかっていないんだ――」

「何を、カール？」

「ああ、なんでもないんだ。ああ、ティーネ、ぼくはいったいどうしたらいいんだろう？」

「なんにもしなくていいのよ、落ち着いてさえいれば。長いことじゃないわ。そして後になってみれば、こうなってよかったって思うわ」

「きみはそう言うけど、そう言うけど――」

「私はちゃんとしたことを言ってるだけよ。あんたは今信じようとしないけど、私が言っていることがまったく正しいことがわかるようになるわ。私すまないと思っているの。ほんとにすまないと思っているの」

「すまないって？――ティーネ、ぼくは何も言いたくない。きみの言ってることはまったく正しいんだよ――でも何もかも急に終わりになるなんて、何もかも――」

カールはもうその先が言えなかった。ティーネはカールの震える肩に手を置いて、泣き止むまで静かに待っていた。

「ねえ、聞いて」とそれからティーネはきっぱり言った。「あんた今、おとなしく、ちゃんとしているって、私に約束してくれなきゃだめよ」

「ちゃんとなんかできない！　ぼくは死んでしまいたい。死んだ方がました、こんなことなら――」

「あんた、カール、そんな捨て鉢になっちゃいけないわ！　ねえ、あんた前に私にキスしてほしいって言ったわね――覚えてる？」

「覚えている」

「それじゃ、今、あんたがおとなしくしてくれるんなら――いい、私、あんたに後で悪く思われるのが嫌なの。私あんたと仲良く別れたいの。あんたがおとなしくしてくれるんなら、あんたに今日キスをしてあげるわ。いい？」

カールはうなずくだけで、どうしてよいかわからずに彼女を見つめた。するとティーネはぴったりと彼の方へ歩み寄って、キスをした。キスは静かに欲望なく、清らかに与えられ、受け取られた。同時にティーネは彼の手をとって、そっと握りしめた。

それから彼女はすばやく門を通り、玄関口へ出て、立ち去って行った。

カール・バウアーは、彼女の足音が響き、消えてゆくのを聞いた。彼女が家を出て、表の階段を下りて通りへ出て行くのを聞いた。それを聞きながら、彼は別のことを考えていた。

彼は、若い金髪のメイドに横丁でびんたをされた冬の夕暮れどきのことを思い出していた。中庭の入り口の陰のところで少女の手で髪をなでられた早春の夕べのことを思い出していた。あのときは世界が魔法にかけられて、街の通りがうっとりするほど美しい見知らぬところだった。以前ヴァイオリンを弾いたときのいくつかのメロディーが思い出された。ビールやケーキの出た郊外の結婚式の夕べのことが思い出された。ビールとケーキとは実際おかしな取り合わせだと思われたけれど、それ以上のことは考えられなかった。彼は恋人を失って、欺かれ、見捨てられてしまったからだ。もちろん、彼女はキスをしてくれた。――キスを……おお、ティーネ！

カールは疲れて、中庭に散らばっていたたくさんの空き箱のひとつに腰をおろした。頭上に小さく四角に見える空は、赤くなり、銀色になった。やがてそれが消えうせて、長いあいだ死んだように暗くなった。何時間かたって、月の光に明るくなっても、カール・バウアーはずっと空き箱にすわっていた。彼の短くなった影が黒く歪んで、でこぼこの敷き石の上に映っていた。

若いバウアーが恋の国で見たものは、いわば傍観者のちょっとした垣間見《かいまみ》にすぎなかったけれど、女性の愛の慰めのない生活が悲しく、価値のないものだと思わせるのに充分であった。こうして彼は今むなしい憂鬱な日々を過ごし、毎日の生活の出来事や義務に対しても、もはやそれに関わりのない人のように無関心に振る舞った。ギリシア語の先生はぼんやり夢想にふけっている少年に幾度も注意したけれど、無駄だった。忠実なバベットのおいしい軽食も効き目がなかった。彼女の心のこもった励ましも聞き流されてなんの効果もなかった。

脱落してしまった少年をふたたび勉強と理性の軌道に引き戻すには、校長の非常に厳しい異例の訓戒と、不名誉な居残りの罰が必要であった。最後の学年を前にして落第するのはばかばかしく、腹立たしく思われたので、日増しに長くなる初夏の夜遅くまで、頭から湯気が立つほど勉強した。これが回復のきっかけとなった。

それでもときどき、ティーネが住んでいるザルツ小路へ行ってみた。そして、なぜただの一度もティーネに会えないのかわからなかった。けれどそれにはちゃんとした理由があったのである。少女はカールと最後に話し合った後まもなく、郷里で嫁入り支度をするために旅立ってしまったのである。カールは、彼女がまだそこにいて、彼を避けているのだと思っていた。カールは彼女のことを誰にも、バベットにも聞きたくなかった。そんな無駄足をして家に帰って来ると、時には腹が立ったり、時には悲しくなったりして、荒々しくヴァイオリンを弾いたり、小さな窓越しにたくさんの屋根を長いあいだじっと見つめたりした。

ともかく彼は回復していった。それはバベットのおかげもあった。彼が一日じゅう腐っているのに気がつくと、彼女はよく夕方上へあがってきて、ドアをノックした。そして彼の悩みの理由を知っていることを悟らせはしなかったけれど、長いこと彼のそばにすわって、彼を慰めた。ティーネの話はしなかったけれど、短いおどけた逸話を話したり、瓶に半分残った果実酒やワインを持ってきたり、ヴァイオリンで歌をひとつ弾いてほしいとか、物語を読んでほしいとか頼んだ。こうして夜はなごやかに過ぎた。遅くなってバベットが帰ってしまっても、カールは落ち着いて、悪い夢も見ずに眠ることができた。年上のメイドは、さよならを言うときに、いつも楽しい晩をありがとうと言った。

恋の病に取りつかれた若者も、次第に以前の彼に戻って、ふたたび快活さを取り戻した。けれど、ティーネが手紙でバベットにしばしば彼のことをたずねていたことは知らなかった。カールは前よりも少し男らしく、大人らしくなっていた。学校での遅れも取り戻し、一年前とほとんど同じような生活を送っていた。トカゲ集めと小鳥を飼うことは二度としなかった。卒業試験[12]に合格した最上級生の会話から、大学生活のすばらしさについての魅惑的に響く言葉がカールの耳に飛び込んできた。彼はこのパラダイスに近づくのを快く感じ、夏休みを待ちかねるほど楽しみにしはじめた。このころになってはじめてカールは、ティーネがとうに町を去っていたことをバベットから知った。傷はまだずきずきして、かすかにうずいたけれど、もう治って、癒着しかけていた。

この先何も起こらなかったとしても、カールは彼の初恋の物語を、良い、感謝の記念として記憶にとどめ、きっと決して忘れなかったであろう。けれど、なお短い幕切れがあって、なおいっそう忘れられないものとなった。

あと一週間すると夏休みで、休暇の楽しみがカールのまだしなやかな心に、尾を引いている恋の悲しみを打ち消し、追い払ってしまっていた。彼はもう荷造りを始めて、古い学校のノートを焼き捨てた。森を散歩したり、川で泳いだり、小舟を漕いだりする楽しみ、コケモモや夏リンゴを採ったり、なんの束縛もなく楽しくぶらぶら過ごしたりする日々が来る楽しみが、これまで長いあいだなかったほどに心を弾ませた。幸福な思いで彼は暑い通りを歩きまわった。そしてティーネのことはこの数日来、もうまったく考えなかった。

それだけに、ある日の午後、体育の時間からの帰途、ザルツ小路で思いがけなくティーネとばったり出会ったとき、いっそうカールは驚いた。立ち止まって、当惑して彼女に手を差しのべて、おずおずと「こんにちは」と挨拶をした。けれど自分がひどく混乱していたのに、すぐに彼は、ティーネがとり乱して悲しそうにしているのに気がついた。

「元気にしている、ティーネ?」と彼はおずおずとたずね、彼女を親しく「きみ」と呼んでいいのか、ていねいに「あなた」と呼んでいいのかわからなかった。

「元気じゃないの」とティーネは言った。「すこしいっしょに歩いてくれない?」

彼は踵《きびす》を返して、彼女と並んでゆっくりと戻って行った。そのあいだ彼は、以前はいっしょにいるところを人に見られるのをティーネがどんなに嫌がっていたかを思わずにはいられなかった。もちろん、今彼女は婚約しているのだから、と彼は考えた。何か言わなければ、と思って、彼女の婚約者の健康をたずねた。するとティーネは、とても痛々しそうに身をすくめたので、彼も胸が痛むほどだった。

「それじゃ、何にも知らないのね」と彼女は小声で言った。「病院にいるの。助かるかどうかわからないの。——どこが悪いかって？　新築の家から落ちて、昨日から意識がなくなっているの」

黙ったまま二人は歩いて行った。カールは何かよい慰めの言葉を言おうと思ったけれど見つからなかった。こうして彼女と並んで通りを歩きながら、彼女に同情しなければならないということが、何か不安な夢のような気がした。

「これからどこへ行くの？」と彼は、沈黙が耐えられなくなって、ついにたずねた。

「またあの人のところへ。お昼には会わせてもらえなかったの。私によくないからって」

カールは彼女について、丈の高い木々と柵に囲まれた庭園のあいだに建っている、大きな、静かな病院へ行って、自分もすこしふるえながら、いっしょに幅の広い階段を上がり、清潔な玄関を通って中へ入って行った。薬品の匂いにみちたそこの空気が彼を怖気づかせ、彼の心を圧迫した。

それからティーネがひとりで番号の付いたドアの中へ入って行った。彼は静かに廊下で待っていた。こういう建物に入ったのは初めてだった。明るい灰色に塗られたすべてのドアのうしろに、たくさんの恐怖と悩みが隠されているのだと思うと、カールの心は恐怖にとらえられた。カールはティーネが出てくるまでほとんど身動きもしようとしなかった。

「少しよくなったんですって。もしかしたら今日意識がもどるかもしれないの。それじゃ、さよなら、カール。私、病室に入るわ。ほんとにありがとうね」

そっと彼女は中に入って、ドアを閉めた。カールはそのドアの上の17という数字をぼんやりと百回も読んだ。奇妙に興奮して、彼はこの不気味な建物を後にした。さっきの楽しい気持ちはすっかり彼の心から消えてしまったけれど、彼が今感じたものは、もうかつての恋の苦しみではなく、もっと広い、もっと大きな感情と体験に囲まれ、包まれたものであった。彼を驚かした不幸の光景と比べると、彼の恋を諦めた悩みなど、小さな、滑稽なものに見えてきた。また彼は、自分のささやかな運命が特別なものでもなく、また少しも残酷な例外でもないこと、彼の眼に幸福に見える人びとのうえにも運命は支配していて、それを逃れるすべもないということを、突然彼は悟ったのであった。

けれど彼はもっと多くのことを、もっとよい、もっと重要なことを学ぶことになっていた。その後続けて彼がティーネをしばしば訪問しているうちに、やがて病人が非常によくなって、カールも彼に会うことが許されるようになったとき、カールはまたもう一度まったく新しい体験をしたのである。

そのとき彼が見て、学ぶことができたことは、仮借《かしやく》ない運命もまた、究極の最終的なものではないということだった。か弱い、不安におののく、打ちひしがれた人間の精神が運命を克服して、運命を打ち負かし得るということだった。

不慮の事故にあった婚約者が、病弱な不具者となって、たよりなくみじめな余生を送るというようなことにならずにすむかどうかは、まだわからなかった。けれどこの不安な心配を克服して、貧しい二人が満ち溢れる愛を楽しんでいるのを、カール・バウアーは見た。またカールは、心労に疲れ、やつれた少女がしゃんとして、光明とよろこびを自分の周りにひろげるのを見た。打ちひしがれた男の蒼ざめた顔が、苦痛にもかかわらずこまやかな感謝のよろこびの輝きに晴れ晴れとしているのをカールは見たのである。

もう休暇が始まっていたのに、ティーネが旅立ちを勧めるまで、カールはなお幾日かそこに留まっていた。

病室の前の廊下で、カールはティーネに別れを告げた。クステラー商店の中庭のときとは違った、もっと美しい別れであった。彼はただ彼女の手をとって、無言のまま感謝した。ティーネは涙を流しながら彼にうなずいた。カールは彼女の幸福を願った。そして彼自身、自分もまたいつか、この哀れな少女とその婚約者のように清らかに愛し、愛を受け入れたいとひたすら願うのであった。

初稿一九〇五年、改稿一九三〇年、一九四九年

訳注

1 「黄金の夕日」＝ドイツ民謡。ベルリーンのカール‐ハインツ・ムシャ作詞。当時流行した歌。

2 ギムナージウム＝ドイツの大学進学を目指す人たちのための九年制（日本の小学校五年以上）の学校。古典語系ギムナージウムでは、ラテン語とギリシア語が必修である。

3 ラテン語学校生＝ラテン語学校は古典語系ギムナージウムの別称。

4 ターラー銀貨＝十五世紀末から十九世紀まで、地域によっては二十世紀初頭まで流通したドイツの銀貨。

5 『宝の小箱』＝正式な名称は『ラインの家庭の友の宝の小箱』。ドイツの教育者、詩人、ヨハン・ペーター・ヘーベル（一七六〇―一八二六）が編集した農民暦・逸話集。「ツュンデルハイナーとツュンデルフリーダー」はその中の一編。

6 カスターニエ＝マロニエ（学名 *Aesculus hippocastanum*）のドイツ語名。「セイヨウトチノキ」「ウマグリ」の和名もあるが、ドイツ名を選んだ。

7 『ドン・カルロス』＝ドイツの劇作家フリードリヒ・シラー（一七五九―一八〇五）の四作目

の戯曲。スペインの皇太子ドン・カルロスを主人公とする。

8 エマーヌエル・ガイベル＝ドイツの詩人（一八一五―八四）。ロマン主義時代に活躍した抒情詩人、叙事詩人であるが、一般に広く歌われた歌の作詞家としても有名。

9 ビーァナッツキー＝ヨハン・クリストフ・ビーァナッツキー（一七九五―一八四〇）。ドイツの作家。『難船物語』（原題『ハリヒ』）は、高潮時に水没する北海の島ハリヒで起こった難船物語。

10 「きみ（du）」と呼んだ＝ドイツ語には相手を呼ぶ代名詞に親称 du（きみ、おまえ）と敬称 Sie（あなた）の区別がある。身内の者・親友・子供に対しては親称を用い、大人同士は敬称を使うが、最初 Sie で呼び合っていた恋人同士は敬称から親称に移行する。

11 九柱戯＝ボウリングに似たゲーム。当時は野外でおこなわれた。

12 卒業試験＝ギムナージウムには「アビトゥーァ」と称する厳しい全科目試験があり、これに合格すると、大学入学資格が得られる。ドイツには大学入学試験はない。ただし、人気のある大学は、空席ができるまで待たねばならない。

大旋風

一八九〇年代のなかばごろのことであった。当時、私はふるさとの町のある小さな工場で無給の見習い奉公をしていた。けれどその年のうちにその町を出てしまい、二度と帰ることがなかった。私は十八歳ぐらいで、毎日青春を楽しみ、小鳥が空気を感じるように身辺に青春を感じていたのに、自分の青春がどれほどすばらしいかを、まったく知らずにいた。

これから私が物語る年は、年代をいちいち思い出せない年配の人たちには、私たちの地方が後にも先にも見舞われたことがないほどの大旋風、もしくは大暴風雨に見舞われた年だと言えば、それだけで充分であろう。ちょうどその年のことだった。私はそれが来る二、三日前、左手に鋼鉄のノミを打ち込んでしまった。手に穴があいて腫れてしまい、包帯を巻いて吊っていなければならなかったので、工場へは行けなかった。

思えば、あの夏の終わりの時期を通じて、私たちの狭い谷間に未曾有《みぞう》の蒸し暑さがすわりこんで、時には何日間も次々と雷雨がやってきた。自然界には、ほてった不穏な雰囲気がみなぎっていた。それを私はもちろんぼんやりと無意識に感じていただけであったけれど、それでも今なお、こまかいことまで覚えている。たとえば、夕方、釣りに行くと、雷雨をはらんだ蒸し暑い空気のために魚が奇妙に興奮しているのが見られ、魚は入り乱れてひしめき合い、しばしば生ぬるい水から跳ね上がって、やたらに釣り針にかかることがあった。それでもとうとう少し涼しく、気象がおだやかになり、雷雨が来るのもややまれになって、朝の早い時間には、はやくもちょっぴり秋らしい気配がしてきた。

ある朝、私は一冊の本と、ひと切れのパンをポケットに入れて家を出て、気の向くままに歩いて行った。少年時代にいつもそうしたように、私はまず家の裏庭へ入った。そこにはまだ日が当たっていなかった。父が植えたまだほんの幼い細い若木だったモミの木立が、がっしりと高くそびえ、その下には淡褐色の針葉が積もっていた。地面には数年来ツルニチニチソウのほかは何も育とうとしなかった。が、そのかたわらの長くて狭い花壇には、母の植えた草花が色とりどりに楽しげに咲いていた。その中から日曜日ごとに大きな花束が摘まれたものであった。そこには小さな花が朱色の束になって咲く植物があって、「燃える恋」[1]と呼ばれていた。また、細い茎にハート型の赤と白の花をたくさんぶら下げる、ひと株のやわらかな多年草があって、これは「女性のハート[2]」と呼ばれていた。またもうひとつの一年草の株は「鼻持ちならないうぬぼれ[3]」と呼ばれていた。そのそばに背の高いアスターが生えていたが、まだ花の咲く時期ではなかった。それらのあいだに、やわらかい刺《とげ》をもった肉厚のクモノスバンダイソウと、愛くるしいマツバボタンが地面をはっていた。

　この長くて幅の狭い花壇は私たちのお気に入りで、夢の庭であった。そこには、ふたつの円形花壇に生えているバラ全部よりも私たちにはすばらしく、愛らしく思われた、いろいろな珍しい花が集まって生えていたからである。ここに日が射してきて、キヅタにおおわれた壁を照らすと、ひとつひとつの草花がそれぞれまったく独特のおもむきと美しさを見せるのだった。グラジオラスはふくよかに鮮やかな色で咲き誇り、ヘリオトロープ[4]は青く、自分のきつい匂いに呪縛されたようにひたり、ヒモゲイトウはおとなしくしおれたように垂れ下がっているかと思うと、オダマキは思いきり伸び上がって、その四重の夏の釣り鐘を鳴らしていた。アキノキリンソウの周りと、青いフロックスの花にはミツバチが羽音も高く群がり、びっしり生い茂ったキヅタの葉の上を、小さな茶色のクモたちがせかせかとすばやく往復していた。アラセイトウの上の空中では、胴体が太く、ガラスのように透明な羽をした、あの敏捷で不機嫌そうな音を立てて飛ぶ蛾がふるえていた。それらはスカシバとか、ホウジャクとか呼ばれていた。

休日のくつろいだ気分で、私は花から花へ歩き、あちらこちらで芳香を放つ散形花の匂いを嗅いだり、指先で注意深くひとつの花の萼《がく》を開いて、その神秘的な鉛色の奥底をのぞき込み、花弁の脈や、雌しべや、やわらかい毛のある雄しべや、透き通った導管などの規則的な配列を観察したりした。そのあいまに、私は雲の多い朝の空を眺めた。そこには、細い縞となってたなびく靄《もや》と、羊毛のようにふわふわした小さなうろこ雲が、奇妙に入り乱れてひろがっていた。今日もまたきっと雷雨が来るだろうと思われたので、私は午後の二、三時間、釣りに出かけることにした。ミミズが見つかるだろうと思って、熱心に道路の縁の凝灰岩をいくつかひっくり返してみたけれど、灰色の、かさかさしたワラジムシの群れが這い出してきて、あわてて四方八方へ逃げ出しただけだった。

私はこれから何をしようかと考えたけれど、すぐには何も思いつきそうになかった。一年前に最後の休暇を過ごしたときは、私はまだほんの少年だった。そのころやったことで一番好きだったのは、ハシバミの弓で的を射当てたり、凧《たこ》をあげたり、畑のネズミ穴を火薬で爆発させたりすることだったけれど、こうしたことはみなあのころの魅力と輝きを失って、まるで私の魂の一部がくたびれてしまい、かつては好ましく、よろこびをもたらしてくれたさまざまな声に、まったく反応しようとしないかのようであった。

不思議に思い、ひそかな胸苦しさを感じながら、私は少年時代によろこびを味わったなじみの場所を見まわした。小さな庭や、花で飾られたバルコニーや、湿った、日の当たらない敷石が苔で緑色になった中庭が私を見つめた。それらは昔とは違った顔をしていた。

花たちさえも尽きることのないその魅力をいくぶんか失っていた。庭の隅にある給水管のついた古い水槽はもうただの水桶で、見てもなんのおもしろみもなかった。そこで昔、私は木の水車をとりつけ、半日ものあいだ水を出しっ放しにして父を困らせたものだった。道にダムや運河を築いて、大洪水を起こしたのである。風雨にさらされたその水槽は、私の変わることのないお気に入りで、気晴らしの相手であった。それを見つめていると、あの子供のころのよろこびの余韻さえパッと心に浮かぶのであった。が、それは悲しい味がした。その水槽はもう泉でもなく、大河でもなく、ナイヤガラ瀑布でもなかった。

もの思いにふけりながら、私は垣根をよじ登って越えた。一輪の青いヒルガオの花が私の顔にかるく触れた。私はそれを摘みとって口にくわえた。そのとき、私は散歩をして、山の上から私たちの町を見下ろしてみようと心に決めていた。散歩をするのも、一応は楽しい企てであった。以前ならば決して思いつくことではなかった。少年は散歩などしない。少年は、森へ行くなら、盗賊か、騎士か、インディアンになって行く。川へ行くなら、筏乗《いかだ》りか、漁師か、あるいは水車造りになって行く。草原へ走るなら、蝶の採集か、トカゲ捕りに行くのだ。こうして、私の散歩にしても、自分が何をしたらよいかまったくわからない大人の、上品な、そして少々退屈な行為のように思われた。

私の青いヒルガオはまもなくしぼんで投げ捨てられた。そして、私は今度はもぎとったブナの小枝をかじった。苦い、香ばしい味がした。高いエニシダの生えている鉄道の土手のところで、一匹の緑色のトカゲが私の足もとをすばやく逃げた。すると、やはりまた私の胸に少年の気持ちがふっと目覚めた。そこで私はじっとしていないで、走ったり、忍びよったり、待ちぶせたりして、ついに日に当たってぬくもりのある、臆病なトカゲを両手に捕らえた。

私はそのキラキラ光る、小さな宝石のような眼をのぞき込み、少年のころの狩りの楽しみの余韻を味わいながら、そのしなやかで力強いからだと硬い足が私の指のあいだで抵抗し、突っ張るのを感じた。だが、たちまちよろこびは尽きてしまった。そして捕まえた動物をどうしたらよいのか、まったくわからなかった。それをどうすることもできなかった。それを持っていても、もう幸福感はなかった。私は地面にかがみこんで、手を開いた。トカゲは一瞬驚いて、横腹で激しく息をはずませながらじっとしていたが、それからわき目もふらずに草の中へ姿を消した。

汽車が輝く線路を走って来て、私のそばを通り過ぎた。私はそれを見送った。すると一瞬、非常にはっきりと、ここではもうほんとうのよろこびが花咲くことはありえないと、私は感じた。そして、あの列車に乗って世の中へ出て行きたいと、心の底から思った。

線路巡回員が近くにいはしないかと、あたりを見まわしたけれど、姿も見えず足音も聞こえなかったので、すばやく線路を飛び越え、向こう側の高く赤い砂岩の崖をよじ登った。その岩のあちこちに、線路工事をしたときに爆破した黒い穴が見られた。上へくぐり抜ける小さな穴を私は知っていた。私は、もう花の終わってしまった丈夫なエニシダの枝にしっかりつかまった。赤い岩の穴の中には乾燥した太陽の熱がこもっていて、熱い砂がよじ登る私の袖の中へさらさらと流れ込んだ。頭上を見ると、垂直の岩壁の上にびっくりするほど近く、暑そうに輝く空がゆるぎなくひろがっていた。そして突然、私は上に出ていた。私は石の縁で身体を支え、膝を引き寄せると、刺のある細いハリエンジュの幹にしっかりとつかまることができて、急傾斜の、荒涼とした草地に出た。

この静かな小さな荒れ地は以前私が好んで訪れた場所で、切り立った崖の上にあるため、その真下を汽車が通り過ぎた。刈り取ることのできない丈夫な、伸び放題の草のほかに、ここには背の低いこまかい刺のあるバラの茂みと、風に種をまかれて生えた、数本の発育の悪いハリエンジュが生えていた。その薄い透き通った葉のあいだから太陽が輝いていた。上の方でも赤い帯状の砂岩の岩棚で遮断されているこの草地の島に、私はかつてロビンソン・クルーソー気取りで住んだことがあった。このさびしい場所は、垂直によじ登ってそれを征服する勇気と冒険心をもっている者以外には縁のない場所であった。私は十二歳のとき、ノミでこの岩に自分の名を刻んだ。またかつて私はここで『ローザ・フォン・タンネンベルク』[5]を読んだり、滅びゆくインディアンの部族の勇敢な酋長を扱った子供らしい戯曲をつくったりした。

日に焼けこげた草が、色あせた白っぽい房のように、険しい斜面に垂れ下がっていて、熱く焼けたエニシダの葉は、風のない熱気の中で、鼻をつく苦い匂いがした。私は乾ききったやせ地に長々と寝そべって、ハリエンジュのこまかい葉がきちょうめんにかわいらしく並んで、ギラギラと日に照りつけられ、あくまで青々とした空の中でじっと動かないのを見ながら、もの思いにふけった。今こそ、自分のここでの生活と将来を目の前にひろげて考えてみるのにふさわしいときだと思われた。

けれど、私は何も新しいものを発見することができなかった。四方八方から私を脅かす心の貧困化を私は見るばかりであった。それまで確実に私をよろこばせたものや、気に入った考えが不気味に色あせて、生気をなくしてゆくのである。私が心ならずも放棄しなければならなかったものや、私が失ってしまった少年時代の幸福のすべてを、今の職業は決して埋め合わせてはくれなかった。

私は自分の職業をほとんど愛していなかったし、また、長くそれにとどまっていたわけでもなかった。それは私にとって、ただ世の中に出るひとつの方便にすぎず、世間に出れば疑いもなくどこかで新しい満足感が得られそうな気がしたのである。ところで、この満足とはどんな種類のものだったろうか？

世間を見ることも、お金を稼ぐこともできた。何かをしたり計画したりする前に、父や母に伺いをたてる必要もなかった。日曜日には九柱戯をしたり、ビールを飲んだりすることもできた。けれどこういうことはすべて取るに足りないことで、私を待っている新しい生活の目的では決してないことが私にはよくわかっていた。本来の目的は、どこか別なところに、もっと深い、もっとすばらしい、もっと神秘的なところにあった。そしてそれは、女の子に、恋に関係があると、私は感じていた。そこには深いよろこびと満足が隠されているにちがいなかった。そうでなければ、少年時代のよろこびを犠牲にしたことは無意味になったであろう。

恋についてはよく知っていた。私はいく組かの恋人たちを見ていたし、うっとりするほどすばらしい恋物語を読んだこともあった。自分でも何度か女の子に夢中になったこともあった。そして、男に命をかけさせ、男の行為や努力の目的でもある恋の甘美さを、夢の中で少し味わったこともあった。同窓の友だちで、もう女友だちをもっている者もいたし、工場の仲間にも、日曜ごとにダンスホールへ行ったり、夜更けに恋人の寝室の窓によじ登ったりすることを臆面もなく話す者もいた。けれど、私自身にとって恋はまだ閉ざされた花園であって、その門の前で内気なあこがれを抱いて待っている状態であった。

ようやく先週、ノミで怪我をする直前に、最初のはっきりした恋の呼びかけを受けた。そのときから、私は別れを告げて出てゆく者の、落ち着かない、もの思いに沈んだ状態にあり、それ以来、私のそれまでの生活が過去のものとなり、将来の目的がはっきりとしてきたのである。ある晩、私たちの工場の二番目の徒弟が私を連れ出して、家へ帰る道々、こんな報告をしてくれた。

自分はきみのためのすてきな恋人を知っている。彼女はまだこれまで恋人をもったことがなくて、きみ以外に誰も望んでいない。彼女は絹の財布を編んでいて、それをきみにプレゼントするつもりでいる――と言うのである。

彼は彼女の名前を明かそうとせず、私に自分で当てられるだろうと言った。それから私がしつこくたずね、しまいには、もういいよというふりをすると、彼は立ち止まって――私たちはちょうど水車場の水路にかかった小橋の上に来ていた――、小声で「彼女がちょうどうしろから来るよ」と言った。面食らって、どうせそんなことは全部ばかばかしい冗談だと思いながらも、なかば期待し、なかば心配しながら、私はうしろを振り向いた。

すると、うしろから橋の階段を上がって、綿糸紡績工場のひとりの若い女の子が歩いて来た。堅信礼《けんしんれい》[6]のための授業のときから知っているベルタ・フェークトリンだった。彼女は立ち止まって、私を見つめ、ほほ笑んだ。そしてだんだん赤くなって、とうとう顔じゅう火のようになってしまった。私はどんどん早足で歩き出して、家へ帰ってしまった。

それから、彼女は二度私のところに来た。一度は私たちが仕事をしていた工場で、もう一度は、家への帰り道であった。一度目は「こんにちは」と言っただけだった。そして二度目のときは、「もう仕事はすんだの?」と言った。それは話のきっかけをつくりたいという意味だけれど、私はうなずいて「ええ」と言っただけで、当惑して立ち去った。

それからというもの、私の考えはこの出来事にこびりついていて、どうすればよいのかわからなかった。可愛い女の子を愛することは、すでにたびたび心から熱望して夢見たものであった。

今、ここに一人の可愛いブロンドの、私よりも少し背の高い女の子がいて、その子が私からキスを受け、私の腕に抱かれたいというのだ。彼女は背が高く、がっしりした身体つきで、色白で、血色のいい、美しい顔立ちで、うなじには濃いブロンドの巻き毛がたわむれていた。彼女のまなざしは期待と愛にあふれていた。けれど、私はこれまで一度も彼女のことを考えたことがなかったし、好きになったこともなかったし、情愛のこもった夢の中で彼女のあとを追ったことも、ふるえながら彼女の名前を枕の中にささやいたこともなかった。

そうしたいと望めば、彼女を愛撫することも、自分のものにすることもできたけれど、私は彼女を慕うことはできず、彼女の前にひざまずいて讃美することなどできなかった。いったいどうなるのだろう？　どうすればいいのだろう？

不機嫌に私は草のベッドから立ち上がった。ああ、いやな時期だ。私の工場の年季が明日にも明けて、ここから旅立ち、遠くはなれたところで新たにやり直して、何もかも忘れてしまえればいいのに。

ただ何かをするために、生きていることを感じるために、ここからではひどく骨が折れるけれど、山の頂上まで登りきってやろうと決心した。そこに登れば、この小さな町のはるか上に立って遠方を見渡すことができた。私は、上の岩のところまで斜面を駆けのぼり、岩壁の垂直な割れ目の中をよじ登って、むりやりに高いゲレンデにたどり着いた。

そこでは荒涼とした山が灌木やくずれた岩のかけらにおおわれていた。汗にまみれ、息をはずませながら登ってきた私は、日の当たる山頂の微風に吹かれて、のびのびと呼吸をした。しぼみかけたバラの花が頼りなく蔓にぶら下がり、通りすがりにかるく触れると、疲れて色あせた花びらを散らした。背の低い緑のガンコウランがいたるところに生えていて、日の当たる側にある実だけがほんのりと金属的な褐色に色づきはじめていた。ヒメアカタテハが風のない日だまりを静かに飛びまわって、空中に色彩の稲妻を描いた。ほんのりと青みがかったノコギリソウの散形花には、赤と黒の斑点のある数え切れないほどの甲虫がたかっていた。声を立てない奇妙な集団で、長い、細い脚を自動機械のように動かしていた。

空からはもう雲が残らず消えていた。空はまっ青で、近くの森に覆われた山の黒々としたモミの木の先端に、くっきりと切断されていた。

学校の生徒だったころ、いつも秋に焚き火をした一番高い岩の上で、私は立ち止まって振り返った。すると、ずっと下の薄暗い谷あいに川が光り、白く泡立つ水車の堰《せき》がきらきら輝いて、狭くて深い谷底に私たちの茶色の屋根の古い町が横たわり、その屋根の上に、お昼のかまどの青い煙が静かにまっすぐに立ちのぼるのが見えた。そこには私の父の家や古い橋があった。そこには私たちの工場が立っており、その中で、鍛冶場の火がほのかに赤く小さく燃えているのが見えた。そしてずっと川下には紡績工場もあって、その平たい屋根には草が生えており、白く光る窓ガラスの向こうでは、多くのほかの人たちといっしょにベルタ・フェークトリンも仕事にはげんでいるのだった。ああ、あの子か！　彼女のことは何も知りたくなかった。

私のよく知っているなじみ深いふるさとの町は、すべての庭や、遊び場や、曲がりくねった路地もろとも、私を見上げ、教会の時計の金色の数字が日に当たって、ギラりとずるそうに光った。そして日陰になった水車場の水路の涼しそうな水面には、家並みや木立が、くっきりと映っていた。

ただ私自身だけが変わってしまったのだ。そして私とこの光景とを隔てる不気味な、よそよそしいヴェールがかかっているのは、もっぱら私のせいだった。もはや私にとって生活は、石塀と川と森に囲まれたこの狭い地帯の中に、安心して、満足して閉じ込められてはいなかった。たしかに私の生活はまだ強い糸でこの土地につながれてはいたけれど、もはやその中に根づいて、しっかりと抱かれておらず、いたるところであこがれの波浪となって、狭い境界を越えて広い世界に出ることを切に望んでいた。

一種奇妙な悲しみを抱いて見下ろしていると、私のさまざまなひそかな人生の希望が、父の言葉や尊敬する詩人たちの言葉や、私自身のひそかな誓いといっしょに、心の中に厳粛に湧きあがった。一人前の男となり、自分の運命を意識的に手中に握るということは、大まじめに考えるべきことであり、魅力的なことに思われた。するとたちまちこの考えが、ちょうど一条の光線のように、ベルタ・フェークトリンとの一件で私を悩ませていた困惑の気持ちの中にひらめいた。彼女はきれいで、私を好きかもしれないけれど、やはり幸福をこんなでき上がったかたちで、努力もせずに女の子の方から贈られるということは、私の性分には合わなかった。

もうすぐお昼になるころであった。山登りで味わったよろこびは消えてしまっていた。もの思いにふけりながら私は歩道を町へ下りて行き、小さな鉄橋の下をくぐった。そこでは以前夏ごとに、びっしりと生えたイラクサの中でクジャクチョウの黒い刺だらけの幼虫を捕まえたものだった。そして墓地の塀のそばを通ると、その門の前に、苔むしたクルミの木が濃い影を落としていた。門の扉は開いていて、中から噴水のピシャピシャという音が聞こえた。すぐそばに町の運動場兼祝祭場があった。五月祭やセダン陥落記念日[7]などに宴会が催されたほか、講演会やダンスなどもおこなわれるところだった。今、そこは巨大なカスターニエの老木の陰になり、赤みがかった砂の上に木洩れ日のギラギラ光る斑点が描かれ、忘れられたようにしんと静まり返っていた。

この下の谷あいでは、川沿いの日なたの通りに、真昼の炎暑が容赦なく燃えていた。ギラギラ照りつけられている家並みに向き合った川べりに生えた数本のトネリコとカエデがまばらな葉をつけ、もう晩夏らしく黄ばみはじめていた。いつもしていたように、私は水際を歩いて、魚の様子をうかがった。ガラスのように透きとおった川の中に、密生した髭のような水草が、長く、ひらひらと波打つような動きをして揺れていた。そのあいだの、私がよく知っているいくつもの暗いすき間には、太った魚があちらこちらに一匹ずつ、流れに向かって口を開け、大儀そうに、じっと動かずにいた。

その上をときどき、ウグイの幼魚が、黒っぽい、小さな群れをつくってすばやく泳いでいった。

　その日の朝は釣りに来なくてよかったことがわかったけれど、空気や水の様子や、ふたつの大きな丸い石のあいだに、年をとった黒いニゴイが一匹澄んだ水の中でじっと休んでいる様子から、午後はおそらく何か釣れるという確信をもった。私はそれを心にとめて、また歩き続け、まぶしい通りから車の出入り口を通って、地下室のようにひんやりしたわが家の玄関に入ると、深いため息をついた。

「今日も夕立がくるぞ」と、天気に敏感な父が食事のときに言った。私は、空に雲ひとつなく、西風の気配も感じられない、と反対したけれど、父は微笑して言った。

「空気が緊張しているのが感じられないのかね。今にわかるよ」

　たしかにひどい蒸し暑さで、下水は、南風《フェーン》の吹きはじめるころのように、ひどくいやな臭いがした。私は、山登りをしたのと、熱気を吸い込んだための疲れが出てきて、ヴェランダで庭に向いて腰を下ろした。たいして身を入れず、たびたび軽いまどろみに中断されながら、ハルトゥームの英雄ゴードン将軍[8]の物語を読んだ。そのうちしだいに私にも、まもなく夕立がきっと来るような気がしてきた。空はあいかわらずこのうえもなく青く澄みきっていたけれど、空気はだんだん重苦しくなってきて、太陽は空高く輝いているのに、まるでその下に熱しきった雲の層が立ちこめているかのようだった。

二時に私は家の中に戻って、釣り道具の用意を始めた。糸と針を調べていると、早くもドキドキするような釣りの興奮を感じた。そして、この奥の深い情熱的な楽しみだけでも私に残されているのをありがたいと思った。

あの午後の、異様に蒸し暑い、圧縮されるような静けさは忘れられない。私は魚釣り用のバケツをさげて、川を下って下手の小橋のところまで行った。そこはもう半分ほど、高い家並みの陰になっていた。近くの紡績工場から機械の単調な、眠気を誘うようなうなりが、ミツバチの群れの羽音のように聞こえた。そして、上手の水車小屋からは丸鋸《まるのこ》のひどく耳ざわりな、ひっかくようなきしる音が一分おきに鋭く響いてきた。そのほかはまったく静まり返っていた。職人たちは仕事場の陰に引っ込んでいたし、路地にも人っ子ひとりいなかった。水車のある中洲では小さな男の子が、裸で濡れた石のあいだをジャブジャブ歩きまわっていた。車大工の親方の仕事場の前には、細長い床板が壁に立てかけてあり、日射しを浴びて異様に強い臭いを放っていた。その乾いた臭いは私のところまで漂ってきて、空気に充満している少し魚くさい水の臭いの中でもはっきり嗅ぎ分けられた。

魚もこの異常な天候に感づいていて、気まぐれな行動をとった。はじめの十五分間にドウショクウグイが数匹針にかかった。腹びれが美しい赤色で、幅が広く重いやつは、私がほとんど手に取ろうとした瞬間に、糸を切ってしまった。それからすぐ魚は落ち着きをなくしはじめた。ドウショクウグイは泥の中に深くもぐってしまい、餌にはもう見向きもしなかった。しかし水面には若い、さまざまな種類の一年魚の入り混じった群れが現れ、次々と新しい群れがきて泳ぎ過ぎて、逃げるように川上へ泳いで行った。これらすべてが天候が変わるという前触れだった。けれど、空気はガラスのように静まり返り、空はまったく曇っていなかった。

何かよくない下水が魚を追い払ってしまったにちがいないと、私は思った。そしてまだあきらめる気にはならなかったので、新しい釣り場を思い出して、紡績工場の水路のところへ行った。そこの倉庫のそばに場所を見つけて、釣り道具をほどくやいなや、工場の階段の窓にベルタが姿を現し、こちらを見て、私に合図した。が、私は目に入らないようなふりをして、釣り糸の上に身をかがめた。

水は、石に囲まれた水路を黒々と流れていた。私は、自分の姿がそこに映って、波で輪郭がふるえているのを見た。水に映った足の裏のあいだに頭をはさんですわっている格好だった。あの子はまだ向こうの窓際に立っていて、私の名を呼んだけれど、私は身じろぎもせずにじっと水を見つめたまま、振り向かなかった。

釣りはさっぱりだった。ここでも魚は急ぎの用でもあるかのようにあわただしく泳ぎまわっていた。私は重苦しい暑さにぐったりして、もう昼間はとても見込みがないと思いながら、低い石垣に腰をかけたまま、早く夕方になればいいと思った。私のうしろでは、紡績工場のホールでたえまなく機械の音がうなりをあげていた。水は、緑の苔の生えた濡れた壁をこすってかすかな音を立てていた。私はすっかり眠くなって無関心になり、もう一度糸を巻きもどすのも、ひどくおっくうになったので、ただじっとすわったままでいた。

おそらく半時間ほどたってからであろうか、不安とひどく不快な気持ちに襲われて、突然、私はこのようなものぐさなぼんやりした状態から目覚めた。一陣の不穏な風が圧縮され、不服そうに渦を巻いた。空気はどんよりとして、いやな味がした。ツバメが二、三羽おびえたように水面すれすれに飛び去って行った。私はめまいを感じ、日射病にやられたのかもしれないと思った。水の臭いが前よりもひどいような気がした。不快な気持ちが胃からこみあげるように頭までいっぱいになり、汗が噴き出しはじめた。私は釣り糸を引き上げ、両手を水の滴でさわやかにし、釣り道具を片づけはじめた。

立ち上がったとき、紡績工場の前の広場で、ほこりが渦を巻いていくつもの小さな揺れ戯れる雲になるのが見えた。突然そのほこりが高く舞い上がった。そしてただひとつの雲になった。上空で激しくかきまわされている気流の中で小鳥たちが鞭打たれたように飛び去った。その直後、谷の下流の方の空が、まるで濃密な吹雪のときのように白くなるのが見えた。風が異様に冷たくなって、まるで敵ででもあるかのように私を目がけて飛びかかり、釣り糸を水から引きさらって、私の帽子を飛ばし、げんこつで殴りつけるように続けざまに私の顔を打った。

たった今、まだ雪の壁のように遠い屋根の上にあった白い気流が、突然、冷たく、痛いほどに私を取り巻いた。水路の水は、まるですばやい水車の輪の回転で跳ね飛ばされるように高く飛び散った。釣り糸はなくなっていた。私の周りで白い、咆哮《ほうこう》する自然の猛威がいきり立って、破壊しながら荒れ狂った。私は頭も手もさんざん殴られた。土が私の身体じゅうに跳ねかかった。砂と木切れが空中で渦を巻いた。

まるで何がなんだかわからなかった。ただ、何か恐ろしいことが起こっており、とにかく危険だということを感じただけだった。私は驚きと恐怖で倉庫の方へひと跳びして、その中に入った。鉄の支柱にしがみついて、感覚の麻痺した数秒のあいだに、めまいと動物的な恐怖に襲われて、息もつかずに立っていたけれど、やっと分別がはたらきはじめた。それまで見たこともなければ、あり得るとも思えなかったような嵐が、悪魔のように猛り狂って走り過ぎてゆくのだった。

上空では、あるときはおびえたような、あるときは怒り狂ったような轟音が響いた。頭上の平らな屋根や入り口の前の地面に大粒の雹《ひょう》が降って白く厚く積もり、大きな氷の粒が私の足もとにまで転がり込んできた。雹と風の騒音は恐ろしかった。水路の水は激しく鞭打たれて泡立ち、落ち着かない大波になって水路の側壁に沿って高く低くうねった。

すべてが一分間のうちのことだったが、板や屋根のこけら板や木の枝が空中へ引きさらわれ、石やモルタルのかけらが落ちると、たちまちその上にバラバラとたたきつけられた雹の粒が厚く積もってそれを覆うのを私は見た。ハンマーですばやく連打されるように、レンガが砕けて落ち、ガラスが粉々になり、屋根の樋が勢いよく落ちる音が聞こえた。

そのとき、一人の人が工場から雹におおわれた中庭を横切って、服をはためかせながら、嵐に向かって身体を斜めに傾けて、こちらへ走って来た。何もかもすさまじくひっかきまわしている大旋風のまっただ中を、それと戦いながら、その姿は私に向かってよろめきながら近づいてきた。そして倉庫に入ると、私を目がけて走り寄り、愛情のこもった大きな眼をした、静かな、知ってはいるが親しめない顔が、せつないほほ笑みを浮かべて私のすぐ目の前にあった。もの静かな温かい口が、私の口を求め、長いあいだ、息もつかずにむさぼるように私にキスをした。両手が私の首にまわされ、ブロンドの濡れた髪の毛が私の頬にへばりついた。そして周りで雹の嵐が世界を揺るがしているあいだ、無言の、不安にみちた嵐のような愛撫が、外の嵐よりももっと強烈に私を襲って驚愕させた。

私たちは積み上げた板の上にすわって、ものも言わず、ぴったりと抱き合っていた。私は唖然としながら、おずおずとベルタの髪を撫で、私の唇を彼女の力強いふくよかな口に押しつけた。彼女のぬくもりが、甘く、せつなく私を包んだ。私は眼を閉じた。彼女は私の頭を彼女のドキドキしている胸や膝に押しつけて、両の手でそっと手探りをしながら私の顔と髪の毛を撫でた。

目もくらむ暗闇の中へ落ちていた私が我に返って、眼を開けてみると、彼女の真剣で表情の豊かな顔が悲しげに美しく私の上にあった。そして彼女の眼はうっとりと私を見つめていた。彼女の白い額にかかった乱れた髪の毛の下から、細い一筋の鮮紅色の血が、顔を伝って首筋まで流れ落ちた。

「どうしたの？　いったい何が起こったの？」と私は不安でいっぱいになって聞いた。

彼女は私の眼をいっそう深く見つめて、弱々しくほほ笑んだ。

「世界が滅びるんだわ」と彼女は小声で言った。とどろく嵐の騒音がその言葉を呑み込んだ。

「血が出ているよ」と私は言った。

「雹のせいよ。ほっといて！　あなた怖い？」

「いいや、で、きみは？」

「わたし、怖くなんかないわ。ああ、あなた、これじゃ、町じゅうがつぶれちゃうわ。ねえ、あなた、わたしのこと全然好きじゃないの？」

私は黙っていた。そして呪縛されたように彼女の大きな澄んだ眼を見つめていた。その眼は悲しみのまじった愛情にあふれていた。その眼が私の眼の間近にせまり、彼女の口が情熱的に、むさぼるように私の口に重なっているあいだ、私はじっと彼女の真剣な眼をのぞき込んでいた。すると、左の眼のそばを通って、白い、若々しい肌の上を細い鮮紅色の血が流れた。私の感覚は陶然とよろめいているのに、私の心は逃げようとして、こんなふうに嵐の中で自分の意志に反して奪い取られることに対して、必死になって抵抗していた。私は身体を起こした。彼女は私のまなざしに、私が彼女に同情しているのだということを読みとった。

すると彼女は身を反らして、怒ったように私を見つめた。それで私が、同情と気遣いを表すしぐさで彼女に手を差し出すと、彼女はその手を両手でとり、その中へ顔をうずめ、くずおれるようにひざまずいて泣きはじめた。そして彼女の涙が温かく私の痙攣する手の上を流れた。困惑して私は彼女を見下ろした。彼女の頭は、すすり泣きながら私の手の上にのっていて、彼女のうなじの上に、やわらかなおくれ毛が影のようにたわむれていた。これがほかの子だったら、ほんとうに愛し、魂を捧げられる子だったら、私はどんなによろこんでこのかわいいおくれ毛を愛のこもった指でまさぐり、この白いうなじにくちづけしたいと思ったことだろう、と熱烈に考えた。けれど私の血は鎮まってきた。私の青春と誇りを捧げる気になれないこの娘が、ここで私の足もとにひざまずいているのを見ることに対して、恥ずかしい思いに苦しめられた。

これらすべてのことを私はまるで魔法にかけられて過ごした一年間のことのように体験した。今でもなお無数のこまかい心の動きや身振りとともに、長い期間のことのように記憶に残っているけれど、実際にはわずか数分間のあいだの出来事にすぎなかったのだ。

思いがけなく、ぱっと明るくなって、きれぎれの青空がしっとりと、なだめるような無邪気さで現れてきた。突然、鋭いナイフで切断されたかのように、嵐のどよめきがぴたりと止んで、びっくりするような、信じられない静けさが私たちを包んだ。

幻想的な夢の洞窟の中から出るように、私は倉庫から出て、まだ生きていることを不思議に思いながら、ふたたびもどってきた昼の光の中へ歩み出た。荒れ果てた中庭は見るも無残であった。地面はめちゃめちゃに掘り返され、まるで馬に踏みにじられたようだった。いたるところに大きな雹の塊が山と積もっており、私の釣り道具はなくなり、そして魚のバケツも消えていた。工場は騒々しい人声でいっぱいだった。ガラスが粉みじんに砕け散ってしまった窓から、人びとが波打つようにひしめいているホールが見え、どのドアからも人びとが押し合いながら外に出て来た。地面はガラスの破片や砕けたレンガでいっぱいだった。一本の長いブリキの雨樋が引きはがされて、斜めにねじ曲がり、建物の上から半分ぐらいまでぶら下がっていた。

もう私は、つい今しがた起こったことなどすっかり忘れてしまい、そして実際どんなことが起こったのか、嵐がどんなに多くの被害を引き起こしたのかを見たいという不安の入り混じった抑えがたい好奇心のほか何も感じなかった。工場の壊れた窓や屋根瓦などはみな、最初ひと目見ただけでは、ほんとうにひどく荒れ果てて、どうにもならない様子だったけれど、結局、すべてはそれほどひどいわけではなく、大旋風が私に与えた恐ろしい印象とくらべてそれほどものすごいものではなかった。

私は、安堵すると同時にまた、なかば妙にがっかりした、興ざめした気持ちで、ホッとため息をついた。家々は前と変わらずに立っており、谷の両側には山もまだちゃんとそびえていた。どっこい、世界は滅びはしなかった。

しかし、工場の庭を出て、橋を渡り、最初の路地に入ると、被害はやはりもっと惨《さん》澹《たん》たる様相を呈していた。狭い通りには、窓ガラスの破片や壊れたよろい戸がころがっており、煙突が何本もひっくり返っていて、その周りの屋根の部分もいっしょに引き裂いていた。どの戸口の前にも人びとが立っていて、とまどい、悲しみ嘆いていた。すべてが、戦争で包囲攻撃を受けて、征服された町の絵で見た光景のようであった。ごろごろした石や木の大枝が道をふさいでいた。いたるところで砕けたり、割れたりした窓ガラスの残片のあいだから穴がのぞいていた。庭の垣根が地面に倒れており、塀の上からぶら下がって、ガサガサ音を立てているのもあった。いなくなった子供たちを探している人たちもいた。畑に出ていた人たちが雹に打たれて死んだという噂もあった。ターラー銀貨[9]ほどのものや、もっと大きな雹の粒を見せてまわっている人もいた。

家に帰って、自分の家や庭の被害を見るには、私はまだ興奮しすぎていた。私がいなくなってみんなが心配しているだろうなどということは思いつかなかった。実際、私はまったく無事だったのだ。私は、こんな破片の中をつまずきながら歩いているよりは、郊外へ行ってみようと決心した。

私のお気に入りの場所が誘うように心に浮かんだ。墓地の隣の古くからの祝祭広場である。少年時代の大きな祝祭はすべてその広場の木陰でおこなわれたのである。ほんの四、五時間前、岩山からの帰りにそこを通り過ぎたばかりなのに気がついて、私は不思議に思った。そのときからもう長い時間がたってしまったように思われたからである。

それで私は路地を引き返して、下手の橋を渡った。途中、家並みのあいだにある庭のすき間から、赤い砂岩造りの教会の塔が無事にそびえているのを見、体育館もほんのわずかの損傷しか受けていないのを発見した。ずっと向こうにぽつんと一軒の古い料理店が立っていた。その屋根は遠くから見分けられた。その料理店は以前のとおり立っていたけれど、どこか妙に変わってしまったようだった。どうしてなのかはすぐにはわからなかった。正確に思い出そうと努力してはじめて、その料理店の前にいつも二本の高いポプラの木が立っていたことを思い出した。それらのポプラがもうそこにはなかった。ずっと古くから親しんできた眺めが破壊され、私の好きな場所のひとつが踏みにじられてしまった。

　すると、もっと多くの、もっと高貴なものが台なしになっているのではないかという、いやな予感が湧いてきた。突然、私は自分がどんなにふるさとを愛していたか、私の心と幸福が、これらの屋根や、塔や、橋や、路地や、樹木や、庭園や、森林などとどんなに深いつながりをもっていたかということを、そのときはじめて知って胸を締めつけられるような思いがした。私は向こうの祝祭広場のあたりに着くまで、新たに興奮し、不安を抱いて、足を速めた。

　そこで私は立ち止まり、私の一番気に入っていた思い出の場所が完全に破壊されて、言いようもないほど荒れ果てているのを見た。その木陰で私たちが祝祭日を祝って、それらの幹は、私たちが生徒のころ三人や四人では抱えきれないくらい太かった数本のカスターニエの老木は、今、へし折られ、引き裂かれ、根こそぎにされてひっくり返っており、家くらいの大きな穴がいくつも地面に口をあけていた。もう、もとの場所に生えている木は一本もなかった。それは身の毛もよだつ修羅場であった。それに、数本のボダイジュやカエデも並んで倒れていた。広大な広場は、枝や、裂けた幹や、根や、土の塊などの恐ろしい残骸の山だった。巨大な幹はまだ地面に立っているのもあったけれど、樹冠はなくなり、へし折られ、ねじ曲げられて、無数の白い裂け目をむき出しにしていた。

その先へは行けなかった。広場も道も、めちゃくちゃになぎ倒された幹や木の破片で家の高さほども積もって、ふさがれていた。私がずっと幼いころから知っていた深い神聖な木陰と高い神殿のような木立があったところでは、今は破壊された場所に雲ひとつない空があるばかりだった。

まるで私自身が、隠れたすべての根ごと引き抜かれ、容赦なくギラギラ照りつける白日のもとに放り出されたかのような気がした。数日のあいだ私はあたりを歩きまわったけれど、森の道も、なじみのクルミの木陰も、少年のころ登ったカシワの木も、もう何も見つからなかった。町の周辺はいたるところ、瓦礫や、穴や、草が刈られたように木々が倒れて横たわった山腹の斜面や、むき出しになった根を嘆くように日にさらしている木の死骸ばかりだった。私の幼年時代と今の私とのあいだには、ぱっくりと裂け目がひとつできてしまった。そして私のふるさとはもう昔のふるさとではなくなってしまった。過ぎ去った歳月の好ましいことと愚かさが私から離脱してしまった。その後まもなく、一人前の男になるために、人生を、この数日はじめてその影が私をかすめた人生を乗り切るために、私はこの町を去った。

初稿一九一三年、改稿一九二九年

訳注

1 「燃える恋」＝学名 *Lychnis chalcedonica*　和名アメリカセンノウ（亜米利加仙翁）。ナデシコ科　センノウ属。夏から初秋まで鮮紅色の花を咲かせる。

2 「女性のハート」＝学名 *Dicentra spectabilis*　和名ケマンソウ（華鬘草）。別名タイツリソウ（鯛釣草）。ケシ科　コマクサ属。紅色で先端が白いハート型の花を一花柄に十個ほど下垂させる。

3 「鼻持ちならないうぬぼれ」＝学名 *Tagetes patula*　和名コウオウソウ（紅黄草）、別名クジャクソウ（孔雀草）、マンジュギク（万寿菊）。英名フレンチ・マリーゴールド。

4 ヘリオトロープ＝ムラサキ科の小低木。夏から秋に芳香性のある青紫色の花を咲かせる。香水の原料となる。

5 『ローザ・フォン・タンネンベルク』＝ドイツの作家クリストフ・フォン・シュミート（一七六八―一八五四）が一八三二年に発表した少年少女小説。幼くして母を亡くした貴族の娘が、城を奪われて獄舎につながれている父をさまざまな苦労の後に救う物語。この作品はほとんどすべてのヨーロッパの言葉に翻訳され、何度も刊行された。

6　堅信礼＝キリスト教への入信を完成させるために、洗礼後におこなわれる儀式。ヘッセは一八九一年、十四歳のときに堅信礼を受けた。

7　セダン陥落記念日＝一八七一年九月一日、普仏戦争でプロイセンとドイツ連合軍が、セダン（フランス北東部ベルギー国境近くの町）でフランス軍を撃破して、ナポレオン三世を捕虜にした戦勝記念日。ドイツ帝国時代の重要な国家記念日。

8　ハルトゥームの英雄ゴードン将軍＝イギリスの将軍チャールズ・ジョージ・ゴードン（一八三三―八五）。クリミヤ戦争、天津条約、北京条約、太平天国の乱などで活躍、エジプト太守を務め、一八八四年からハルトゥーム（現スーダン共和国の首都）でイスラム軍と戦い、十カ月の戦闘ののち、悲劇的な最期をとげた。

9　ターラー銀貨＝ここでは、プロイセン・ターラーであろうと思われる。これは、直径約三・四センチ、重さ約二十九グラムあった。（84頁訳注4参照）

美しきかな青春

マテーウス叔父でさえ、私に再会することを彼なりによろこんでくれた。ひとりの若者が数年のあいだ異国にいて、それからある日、立派な職業について帰ってくると、どんなに用心深い親戚の者でもにこにこしながら、よろこんで握手をしてくれるものである。

所持品を入れた小さな茶色のトランクはまだ真新しく、しっかりした錠前と光沢のある革のベルトがついていた。そこにはクリーニングに出した二着の背広と、下着類がたっぷりと、新しい編み上げ靴が一足、書物が数冊、写真類、美しいパイプが二本、懐中ピストルが一丁入っていた。そのほかに、ヴァイオリンのケースと、さまざまな小物をいっぱいつめたリュックサックと、帽子を二つ、ステッキを一本、傘を一本、軽いコートとゴム靴を一足持ってきたけれど、全部新品で質のよいものであった。そしてその上に胸の内ポケットに、二百マルク以上の貯金と、秋に外国でよい勤め口を保証されている手紙を縫いこんできた。全部合わせると、持ち運ぶのに一苦労であった。そして今、私はこういういでたちで、かなり長い遍歴時代のあと、ひとりの紳士となって、かつて内気な問題児として出ていった故郷に戻ってきたのである。

列車は用心ぶかくゆっくりと、大きなカーブを描きながら丘を下って行った。カーブするたびに、下の方にある町の家々や路地や川や庭などが、だんだん近くはっきりとしてきた。まもなくたくさんの屋根を見分けられるようになって、その中に、見おぼえのある屋根を探し出すことができた。やがてもう窓も数えられ、コウノトリの巣も見分けられるようになった。そして谷の方から、幼年時代や少年時代の数えきれない大切な故郷の思い出が私に向かって吹き寄せてくるにつれて、私の浮き浮きした帰郷の気分と、あの下の町の人たちをあっと感嘆させてやりたいという気持ちは、しだいに消えていって、感謝と驚きにかわった。

年月のたつあいだに消えてしまっていた望郷の思いが、最後の十五分になって、はげしく私の心にわきあがり、プラットホームに見えるエニシダの茂みのひとつひとつ、なじみぶかい庭の垣根のひとつひとつが、すばらしく大切なものになってきた。そして、私がこんなにも長いあいだそれらを忘れていて、なんとも思わないでいられたことを、それらに詫びた。

列車が私の家の庭の上を通りすぎたとき、なつかしい家の一番上の窓辺に誰かが立って、大きなハンカチをふって合図をした。それは父に違いなかった。そして、ヴェランダには母や女中が立ってそれぞれハンカチを振っていた。一番上の煙突からは、コーヒーをわかすかすかな青い煙が、あたたかい空中に立ちのぼり、小さな町の上を流れていた。これらすべてのものが、今また私のものになり、私を待っていてくれ、私を歓迎してくれているのであった。

駅では、ひげのある年寄りの赤帽[2]が、昔と同じように興奮しながらあちこち駆けまわって、人びとを線路から押しのけていた。その人びとの中に私は、妹と弟が立って首を長くして私を探しているのを見た。弟は私の手荷物を運ぶために小さな手押車を持ってきていた。この手押車は、少年時代を通じて私たちの自慢の種だった。その上にみんなで私のトランクとリュックサックを積みこむと、弟のフリッツが引いた。私は妹といっしょにそのあとに続いた。

妹は、私が髪をひどく短く刈っているのを非難したけれど、口ひげはすてきで、新しいトランクはとても立派だと言った。私たちは笑って、目を見合い、ときどきまた手を取りあった。そして、小さな車を引いて先に歩きながら何度もふり返るフリッツに向かってうなずきかけた。弟は背丈も私と同じくらいになり、体格も立派になっていた。

彼が先に立って歩いて行くうちに、ふと私は、子供のころ喧嘩をしては何度も彼を殴ったことを思い出した。彼のあどけない顔や、むっとした、あるいは悲しそうな目が、ふたたび目の前に浮かんできて、私は、そのころも激しい怒りがおさまるとすぐにいつも感じたあのやりきれない後悔の思いをいくらか感じた。今はしかしそのフリッツも背が高くなり、大人になって、大股に前を歩いて行く。そしてあごのまわりにはもうブロンドのうぶ毛が生えていた。

私たちはサクラやナナカマドの並木道を通って、上手の橋を過ぎ、一軒の新しい店となつかしい昔ながらの多くの家々のそばを通りすぎた。それから橋のたもとの街角に来た。そこに以前と変わらずに私の生家が立っていて、開け放たれた窓から私たちのオウムがさえずっているのが聞こえた。私の胸は思い出とよろこびにはげしく高鳴った。ひんやりした暗い門道と大きな石づくりの玄関を通って中に入り、いそいで階段を上がると、そこで父が私を出迎えてくれた。父は私にキスし、にこにこして私の肩をたたき、それから黙って私の手をとって、二階の廊下のドアのところまでつれていった。そこに母が立っていて、私を両腕に抱きしめてくれた。

続いて、女中のクリスティーネが駆けてきて、私に握手した。それから私はコーヒーの用意がしてある居間で、オウムのポリーに挨拶した。ポリーはすぐに私だということがわかって、鳥籠の屋根のふちから私の指の上へ移ってきて、なでてもらうために美しい灰色の頭をさげた。その部屋は壁紙が真新しく張りかえられていたけれど、そのほかは、祖父母の肖像やガラス戸棚から、古風なリラの花の描かれている置時計まで、なにもかももとのままだった。仕度のできた食卓にはコーヒーカップが並べられていて、私のカップにはモクセイソウの小さな花束がさしてあった。私はそれを取って、ボタン穴にさした。

私に向かい合って母がすわっていて、私をじっと見つめながら、私の前の皿にミルク入りの白パンをのせてくれた。母は、話に夢中になって食べることをお留守にしないようにと注意しながら、自分から次つぎと問いかけるので、私はそれに答えなければならなかった。父は黙って耳をかたむけ、白くなったひげをなでながら、眼鏡のレンズ越しに、やさしく吟味するように私を見守っていた。私は度を過ぎた謙遜をせずに、自分のさまざまな体験や仕事や成果について報告しているうちに、それらの中の最良のものは、なんといってもこの両親のおかげなのだということをしみじみと感じた。

この第一日目には、私はなつかしいわが家のほかには全然何も見たいと思わなかった。それ以外のすべてのことのためには、明日も、そのあとにもまだ充分に時間があった。それで、コーヒーが終わると、私たちはすべての部屋と、台所と廊下と小部屋を見てまわった。ほとんどすべてがまだ昔のままだった。私が見つけた二、三の新しいところも、ほかのみんなにはもう古くて、あたりまえのことに思われ、私のいたころにもそうだったではないかと、言い争ったりした。

山の斜面にあって、キヅタのからんでいる塀にかこまれた小さな庭には、午後の日ざしが、手入れのゆきとどいた道や、花壇の鍾乳石の囲いや、半分水のはいった水槽や、はなやかな色の花壇の上に輝いていて、すべてが笑っていた。私たちはヴェランダに出て、すわり心地のよい椅子に腰をおろした。そこには、オオバイカウツギ[3]の大きな半透明の葉を通してさしこむ日光が、やわらげられて、あたたかく、薄みどり色に流れていた。ミツバチが二、三匹、重そうに、酔っぱらって、ブンブンうなりながら飛びまわり、道に迷っていた。

父は私の帰郷を感謝して、帽子をぬいで、「主の祈り」をとなえた。私たちは黙って立って両手を組み合わせた。いつにないこの厳粛な雰囲気は私の胸を少し締めつけたけれど、やはり私はこの聞きなれた神聖な言葉をよろこんで聞き、感謝の思いをこめて、いっしょにアーメンをとなえた。

それから父は自分の書斎に入り、弟妹たちも走り去って、すっかり静かになった。そして私は母と二人だけでテーブルに残った。それは、私がもうずっと前から楽しみにすると同時に恐れてもいた瞬間だった。というのは、私の帰郷はよろこんで迎えられはしたものの、ここ数年の私の生活は、完全に清浄で曇りのないものとはいえなかったからである。

今、母は美しいやさしい目で私を見つめて、私の顔色を読み、何を言おうか何を質問しようかと思案しているらしかった。私は当惑して黙りこんだまま、試験を覚悟して、指をもてあそんでいた。試験は、全体としてはそれほど不名誉なことにはならないとしても、個々の点ではかなり恥ずかしい結果になるかもしれなかった。

母はしばらくじっと私の眼を見つめ、それから私の手を彼女のきゃしゃな小さな両手に取った。

「おまえはまだ今もときどきお祈りをしているの?」と彼女は小声でたずねた。

「近ごろはもうしていません」と私は言うより仕方がなかった。すると母は少し心配そうに私を見つめた。

「そのうちにまたそうするようになるでしょう」と、それから母は言った。そこで私は言った。「たぶんね」

それから母はしばらく黙っていたが、とうとうたずねた。

「でも、ねえ、ちゃんとした人になってくれるんでしょうね？」

これには私は「はい」と言うことができた。すると母はもう痛い質問はやめて私の手をなで、懺悔はしなくても私を信頼しているということを表すしぐさで、私にうなずきかけた。続いて母は衣服や下着類のことをたずねた。ここ二年というもの、私は自分で自分の身のまわりを始末して、もう洗濯物や繕い物は何も家へ送らなかったからである。

「あした全部いっしょに調べてみましょうね」と私の報告がすむと母は言った。そして、それで試験はすべて終わった。

それからまもなく、妹が私を家の中に連れて行った。「美しい部屋」と呼ばれている部屋で、彼女はピアノに向かってすわり、昔の楽譜をとり出した。それはもう久しく聴いたことも歌ったこともなかったけれど、忘れていなかった。私たちはシューベルトやシューマンの歌曲をうたい、次いでズィルヒャー[4]の楽譜をとり出して、ドイツや外国の民謡を歌い続けた。

ついに夕食の時間になった。そこで妹が食卓の用意をし、そのあいだに、私はオウムと話をした。このオウムは、ポリーという女性の名前をつけられているのに、雄と見なされ、デア・ポリーと男性名で呼ばれていた。ポリーはいろいろな言葉を話し、私たちの声や笑い声をまねして、私たちのひとりひとりと親しさの特別な段階を厳格に守って交わった。いちばん親しかったのは父で、父のすることならなんでも思うままにさせた。次が弟で、それから母、それから私、最後が妹であった。妹に対してはある種の不信感をいだいていた。

　ポリーは私たちの家の唯一の動物で、二十年このかた、まるで子供のように家族の一員になっていた。みんなの談話や笑い声や音楽を聴くのが好きだったけれど、あまり近くで聴くのは好まなかった。ひとりぼっちでいて、隣室でさかんに話をする声が聞こえると、するどく聞き耳を立て、話に口をはさんだり、特有の気のいい皮肉な調子で笑ったりした。そしてときどき、誰からもかまわれずに寂しく止まり木に止まっていて、あたりがしんと静まりかえり、日光があたたかく部屋に射し込んでいるようなときには、低い快い調子で、生を讃美し、神をたたえはじめた。それは、フルートの音にも似て、ひとりで遊んでいる子供の無心な歌のように、おごそかに、あたたかく、しんみりと響いた。

　夕食後三十分ほど、私は庭に水をやって過ごした。そして、濡れて、汚れて、家の中へ戻ってくると、中で話している半ば聞きおぼえのある若い女性の声が廊下から聞こえてきた。すばやく私はハンカチで両手をふいて部屋に入った。すると、リラ色の服を着て、つばの広い麦藁帽子をかぶったひとりの背の高い美しい女性がすわっていた。彼女が立ち上がって、じっと私を見つめて手をさし出したとき、妹の友だちのヘレーネ・クルツだとわかった。私が昔、一度恋したことのある少女だった。

「まだぼくを覚えていますか?」と私はうれしくなってたずねた。

「あなたがお帰りになったと、もうロッテが話してくれましたわ」と彼女は愛想よく言った。けれど、彼女がただ「ええ」と言ってくれたなら、その方がずっと私はうれしかっただろう。彼女は背が高くなって、とても美しくなっていた。私はそれ以上何を言ったらよいかわからず、窓辺の花のところへ行った。そのあいだ彼女は母やロッテと話していた。

私の眼は街道の方を見て、指は鉢植えのゼラニウムの花びらをいじっていたけれど、私の心はそこにはなかった。私はある青く冷たい冬の夕べを思い浮かべていた。高いハンの木のあいだの川の上でスケートをし、ひとりの美しい少女の姿を遠くからおずおずと半円を描きながら追っていた。少女はまだよくスケートができないので、女友だちに支えてもらっていた。

ふと間近に彼女の声が聞こえた。それはあのころよりずっと張りのある深い声で、私にはほとんどなじみのないものだった。彼女は若い淑女になっていた。私はもう自分が彼女と対等でも同年配でもなくて、あいかわらず十五歳の少年ででもあるかのような気がした。彼女が帰るとき、私はふたたび彼女と握手をしたけれど、不必要に皮肉っぽく深々とお辞儀をして言った。「おやすみなさい、クルツさん」

「あのひと、うちに帰ってるの？」と私はあとで妹にたずねた。

「でなかったら、どこにいるっていうの？」とロッテは言った。そして私はもうそれ以上、その話はしたくなかった。

きっかり十時になると、家の戸は閉められ、両親は床についた。おやすみのキスのとき、父は私の肩に腕をかけ、小声で言った。「おまえがうちへ帰ってくれてよかったよ。おまえもうれしいだろう？」

みんなが床についた。女中ももうしばらく前におやすみなさいの挨拶をしていた。そして、二、三のドアがまだ数回開いたり閉まったりしたあとは、家全体が深い夜の静寂の中にひたっていた。

私はしかし、あらかじめ小さなジョッキ一杯のビールを持ってきて冷やしておいたのを、自分の部屋のテーブルの上に置いた。そして、私たちの家では居間でタバコを吸うことを許されなかったので、今ようやくパイプにタバコをつめて火をつけた。部屋の二つの窓は暗い静かな中庭に面しており、その中庭から石段が上りになって庭に通じていた。そして庭の上の方に、モミの木立が黒々と空にそびえ、その上に星がかすかにきらめいていた。

なお一時間以上も私は起きていて、繊毛におおわれた小さな蛾がランプのまわりを不気味に飛びまわるのを見ながら、開け放った窓に向かってタバコの煙をゆっくり吹きつけた。長い静かな列をなして、故郷にいたころや少年時代の無数の情景が私の心をかすめていった。それはもの言わぬひとつの大きな群れで、海面の大波のように高まり、輝き、そしてまた消えていった。

翌朝、私はいちばんよい服を着た。故郷の町や多くの古い知人にいい感じを与えると同時に、自分がうまくいっていること、みじめに落ちぶれて帰ってきたのではないことを、眼に見えるように証明するためだった。ふるさとの狭い谷間の上には、太陽の輝く青空が広がって、白い街道には軽くほこりが立っていた。そして、隣の郵便局の前には森の村々から来た郵便馬車が止まっており、路地では幼い子供たちがビー玉や毛糸のボールで遊んでいた。

私はまず、この小さな町で最古の建造物である古い石橋を渡って行った。そして橋の中ほどにある小さなゴシック風の礼拝堂を眺めた。そのそばを私は以前幾度となく通りすぎたものであった。それから欄干によりかかって、みどり色をした急な流れを、川上や川下に向かって眺めた。破風の壁に白い水車が描かれていた感じのよい古い水車小屋はなくなって、そのあとに、レンガ造りの新しい大きな建物が立っていた。そのほかは何も変わっていなかった。そして昔ながらに、数えきれないほどのガチョウやアヒルが水の上や岸辺を動きまわっていた。

　橋の向こう側で、私ははじめて知り合いに出会った。それはなめし皮職人になった学校友だちだった。彼は鮮やかなオレンジがかった黄色い前掛けをしていた。そして、私が誰であるかがよくわからないらしく、いぶかしそうに、さぐるように私を見つめていた。私は愉快になって彼にうなずきかけながら、ぶらぶら先へ歩いて行った。そのあいだ彼は私のあとを見送って、あいかわらず考えこんでいた。銅細工師の仕事場の窓辺に立って、私は、みごとな白いひげを生やした親方に挨拶をした――それからすぐにまた、ロクロ細工師のところをのぞきこんだ。彼はロクロの糸をうならせていたが、私にひとつまみの嗅ぎタバコをすすめてくれた。それから大きな噴水となつかしい町役場のある広場にやってきた。そこに書籍商の店があった。その老主人は何年か前に、私がハイネの作品を注文したので、私の悪評を立てた[6]けれど、私はそれでも入って行って、鉛筆を一本と絵葉書を一枚買った。ここから学校の建物までは遠くなかった。それで私は通りがかりに古びた校舎を眺め、門のところで、おなじみの人を不安にさせる学校の匂いをかぎ、教会と牧師館の方へ逃げて、ほっと吐息をついた。

それからなお二つ三つ通りをぶらついてから、理髪店でひげをそってもらうと、十時になった。それはマテーウス叔父を訪問する時刻だった。私はりっぱな中庭を通って叔父の美しい家へ入り、涼しい廊下でズボンのほこりを払い、それから居間のドアをノックした。中では、叔母と二人の娘が縫いものをしていた。叔父はもう事務所に出たあとだった。

この家の中のすべてのものが、清潔な、昔風の勤勉な雰囲気を漂わせていた。すこし厳格で、あまりにもはっきりと実用本位だったけれど、また明るくて堅実でもあった。ここではたえずどんなにたくさん掃除や、洗濯や、縫いものや、編みものや、紡ぎものがなされていたか、列挙しきれないほどであったけれど、それでも、娘たちはよい音楽を楽しむ時間をもっていた。二人ともピアノを弾き、歌をうたった。そして近代の作曲家こそ知らなかったけれど、それだけいっそうヘンデルやバッハやハイドンやモーツァルトに深くなじんでいた。

叔母は飛びあがって私を迎えてくれ、娘たちはひと針縫い終わってから私と握手した。驚いたことに私は完全に賓客としてもてなされ、りっぱな応接間に通された。おまけに、ベルタ叔母はどんなに辞退しても聞き入れずに、私に一杯のワインとクッキーを出してくれた。それから私と向かいあって、豪華な椅子のひとつに腰をおろした。娘たちは居間で仕事を続けていた。

昨日、やさしい母が免除してくれた試験が、今になってやはり部分的に私にふりかかってきた。けれどここでも、言いつくろって、及第点の取れない事実にいくらかの輝きをそえようなどとは思わなかった。叔母は高名な説教師たちの人柄について強い関心をもっていて、私が暮らしてきたあらゆる町々の教会や説教師たちのことを根ほり葉ほりたずねた。私たちはいくつかのちょっとしたばつの悪い状況を善意で乗り越えたあとで、十年前に亡くなったある有名な高僧をともに悼んだ。もしその人がまだ生きていたら、私はシュトゥットガルトでその説教を聴くことができたであろう。

それから話は、私の境遇や体験や将来の見通しのことに移っていった。そして二人は、私が幸運に恵まれて、万事が順調に運んでいるという点で意見が一致した。

「六年前には、誰がこうなると思ったでしょうね！」と叔母は言った。

「あのころぼくはそんな嘆かわしい状態だったんですか？」と私は聞かずにいられなかった。

「そんなことはなかったけれどね、そんなことは。でもあのころはやっぱり、おまえのご両親にとってほんとうに心配の種だったものね」

「ぼくにとっては」と私は言いたかったけれど、けっきょくは叔母の言う通りだった。それに私はあのころの争いをまた蒸しかえすつもりはなかった。だから私は、

「それはその通りです」と言って、まじめにうなずいた。

「それに、おまえはいろんな職業をやってみたのね」

「ええ、もちろんです、叔母さん。でも、それのどれもぼくは後悔していません。今の職だって、いつまでも続ける気はありません」

「まあ、なんてことをいうの？　それ本気？　ちょうどそんなにいい勤め口についているというのに？　月に二百マルク[7]近くになるなんて、若い人にしてはすばらしいじゃないの」

「いつまで続くか、わかりませんよ、叔母さん」

「そんなことを言う人がありますか！　おまえがちゃんと勤めていれば、きっと続きますよ」

「それはそうです、そう望みたいもんです。ところでぼく、これからまだ階上のリュディア大伯母さんのところへ行って、それからそのあと叔父さんの事務所へ行かねば

なりません。では、さようなら、ベルタ叔母さん」

「ええ、さようなら。うれしかったよ。また顔を見せておくれね！」

「ええ、よろこんで」

居間で私は二人の娘にさようならを言い、戸口のところで叔母にさようならを言った。それから、広い明るい階段を上がって行った。今まで古風な空気を吸っていると感じていたとすると、今度はもっともっと古風な空気の中へ入って行ったのである。

階上の二つの小さな部屋に、八十歳になる大伯母が住んでいた。彼女は古風な心遣いと丁重さをもって私を迎えてくれた。部屋には、大伯母の両親の水彩の肖像画や、ビーズで刺繍したテーブルクロスや、花束や風景を描いてある掛け袋や、小さな楕円形の額縁などがあり、白檀《びゃくだん》や古いほのかな香料の匂いがただよっていた。

リュディア大伯母は、ごく簡単な仕立ての濃いむらさき色の服を着ていた。そして、近視で、頭がかすかにふるえることを除けば、驚くほど元気で若々しかった。彼女は私を細長いソファーに案内した。そして、祖父時代のことなどは話さないで、私の生活状態や考えをたずね、私が話すすべてに注意を払い興味をもってくれた。たいそう年をとっていて、その部屋ははるかに遠い祖先の匂いや面影をとどめていたにもかかわらず、二年前まではまだたびたび旅をし、何から何まで是認するというわけではないが、今日の世界についてもはっきりとした悪意のないイメージをもっていて、それを新鮮にもち続け補正することを心がけていた。それに加えて彼女は礼儀正しく、魅力的な会話術をそなえていた。彼女のそばにいると、会話はよどみなく流れ、いつも何かしらおもしろくて気持ちがよかった。

別れるときに、彼女は私にキスして、ほかの誰のところでも見たことのなかった祝福のしぐさをして私を放してくれた。

それから私はマテーウス叔父を事務所に訪ねた。叔父はそこにすわって新聞やカタログを読んだり調べたりしていた。私は椅子に腰かけないで、すぐにおいとまする腹でいたが、叔父はそれを妨げなかった。

「そうか、また帰ってきたんだね?」と彼は言った。

「はい、また帰ってきました。久しぶりです」

「今度はうまくいってるそうじゃないか」

「とてもいい具合です、ありがとうございます」

「家内にも挨拶するんだよ、いいかい?」

「叔母さんのところへはもう行ってきました」

「そうか。そりゃ感心だ。さあ、それでは万事申し分なしだな」

そう言うと、叔父はまた顔をカタログの上に戻して、私の方に手をさし出した。ほぼ方向が合っていたので、私はすばやくその手をにぎり、満足して外に出た。

これであらたまった挨拶まわりもすんだので、私は食事に家へ帰った。家では私に敬意を表してライスと子牛の焼肉のご馳走が出た。食事がすむと、弟のフリッツが私をわきの自分の小部屋へ引っぱっていった。そこには、私が昔採集した蝶がガラス箱に入れて壁にかかっていた。妹もいっしょにおしゃべりをするつもりで、ドアから顔をのぞかせたけれど、フリッツがもったいぶって手をふって拒み、「だめだよ、ぼくたちには秘密の話があるんだから」と言った。

それから弟はさぐるように私を見た。そして私の顔に充分な緊張が現れているのを見てとると、ベッドの下からひとつの箱を引っぱり出した。ふたに一枚のブリキがかぶせてあって、いくつかの大きな石が重しに載せてあった。

「何が入っているか、あててみな」と、彼は小声でずるそうに言った。

私は昔私たちが好きだった遊びやいろいろな計画を思い出して、叫んだ。

「トカゲ」

「ちがう」

「ヘビ」

「全然ちがう」

「毛虫？」

「いいや、生きものじゃない」

「ちがう？　そんなら、なぜこの箱をこんなに厳重にしまってあるんだ？」

「毛虫なんかよりもっと危険なものが入ってるんだよ」

「危険なもの？　ははあ――火薬だな？」

答えるかわりに、弟はふたを取った。見ると、箱の中には、いろんな粒の火薬の包み、木炭、ほくち、火縄、硫黄のかたまり、硝石と鉄のヤスリ屑などをつめた紙箱があり、まるで大がかりな兵器庫だった。

「ねえ、どうだい？　兄さん」

こんな物の入った箱が子供部屋にあると知ったら、父はもうひと晩も眠れないだろう、と私は思った。けれど、フリッツの顔が、満足感と私をびっくりさせたよろこびに輝いていたので、私はそのような気遣いを用心ぶかくほのめかすにとどめ、彼の説得にすぐさま同意してしまった。私自身もすでに道徳的に共犯者になってしまったうえに、見習い工が仕事じまいを楽しみに待つように、花火遊びを楽しみにしていたからである。

「兄さんもいっしょにやる?」とフリッツがたずねた。

「もちろん。晩になったら、庭のあちこちでぶっぱなしたって、いいんだろう?」

「もちろんできるよ。このあいだ、町はずれの草地で半ポンドの火薬をつかって爆竹を爆発させたんだよ。まるで地震みたいにものすごい音で地面が揺れたよ。でも、もうお金がないんだ。まだいろんなものが要るんだけどね」

「一ターラー[8]やるよ」

「すてきだな、兄さん!　それなら、打ち上げ花火だって大きなネズミ花火だってやれるよ」

「でも気をつけるんだぞ!　いいか?」

「気をつけろ、だって!　ぼくまだ一度も何かやらかしたことなんかないぜ」

それは私が十四のとき花火をして経験したひどい失敗を、あてこすったのである。あのとき、私はすんでのところで視力どころか、生命を失うところだったのだ。

それから彼は、いろいろな貯蔵品や、つくりかけた花火を見せて、彼の新しい試みや発明のいくつかを明かし、また他のものは見せたいけれどさしあたり秘密にしておくと言って、私の好奇心をあおった。そんなことをしているうちに、彼の昼休みの時間が過ぎて、フリッツは仕事に行かなければならなかった。彼が出かけたあとで、私はその不気味な箱にふたをしてベッドの下にしまうと、ちょうどロッテがやってきて、父と散歩をしようと私を迎えに来た。

「フリッツをどう思うかね？」と父がたずねた。「大きくなっただろう？」

「ええ、ほんとに」

「それに、とてもまじめになっただろう？　子供じみたことをやらなくなりはじめたからな。ほんとに、これで、わしの子供もみんな大人になったわけだ」

始まったな、と私は思って、少し恥ずかしくなった。すばらしい午後だった。穀物畑にはケシの花が赤く燃え、ムギナデシコが笑っていた。私たちはゆっくりと散歩をして、楽しいことばかり話し合った。昔なじみの道や森のほとりや果樹園が私を歓迎し、私にうなずきかけた。過ぎ去った時代がよみがえってきて、あのころはすべてがよく、完璧であったかのように、魅力的で晴れやかに見えた。

「私、今お兄さんに聞きたいことがあるの」とロッテが言いはじめた。「わたしのお友だちをひとり、数週間招待したいと考えてるの」

「そう、いったいどこの人？」

「ウルム[9]の人よ。私より二つ年上なの。兄さんどう思う？　今は兄さんが帰っていらっしゃるんだから、兄さんが第一なのよ。お客さんが来るのが煩わしいと思ったら、遠慮なく言わなきゃだめよ」

「いったいどういう人なの？」

「教員の試験に合格した人よ――」

「やれやれ！」

「やれやれじゃないわよ。とても気持ちのいい方で、決して教育を鼻にかけるような人じゃないわ、全然。それに先生にもならなかったのよ」

「いったいどうして？」

「そんなこと、自分で聞いたらいいじゃない」

「それじゃ、やっぱり来るんだね？」

「ばかね！　お兄さん次第だって言うのに。私たちだけ水いらずでいる方がいいってお兄さんが思うなら、いつかまたあとで来てもらうわ。だから、聞いているんじゃないの」

「ボタンの数で占ってみるか」

「それならいっそ、すぐいいって言いなさいよ」

「じゃ、いいよ」

「よかった。それなら今日じゅうに手紙を書くわ」

「ぼくからもよろしくね」

「そんなの、あんまりうれしく思わないわよ」

「ところで、そのひとの名前、なんていうの？」

「アンナ・アンベルク」

「アンベルクはいいな。アンナは聖女の名だけれど、退屈だな。第一、縮めて呼ぶことができないものね」

「アナスタジアならよかったんでしょ？」

「うん、それなら、スタージとかスターゼルとか縮めて呼べるものね」

そうこうしているうちに、私たちは丘の最後の高みに着いた。その高みは、ひとつ、またひとつと登っていくにつれて近くに見えていながら、到達するのにひどく手間取ったのだった。私たちは今やっとひとつの岩の上から、自分たちが通って登ってきた畑が妙にちぢまって急傾斜をなしているかなた、はるか下の狭い谷に、町が横たわっているのを見た。けれど私たちのうしろには、波打つように起伏する丘陵地帯一面に何マイルにもわたって黒々としたモミの森がひろがり、そのあちこちに細長い牧草地や、青黒い森の中からくっきりと輝きを放つ小さな麦畑が点在していた。

「ほんとうに、ここよりも美しいところなんてどこにもありませんね」と私は感慨深く言った。

　父はにこにこしながら、私を見つめた。

「これがおまえの故郷だ。そして、ほんとうに、ここは美しい」

「お父さんの故郷はもっと美しいんですか？」

「いや、こんなに美しくはない。でも、子供時代を過ごしたところは、何もかも美しくて神聖なのだ。おまえは一度もホームシックにならなかったのかね、ええ？」

「なりましたよ。ときどきね」

　近くの森に、私が子供のころよくコマドリをつかまえたことのある場所があった。それからその少し先には、私たち少年がむかし築いた石の城跡がまだあるはずであった。けれど、父が疲れていたので、私たちは少し休んでから、引き返して、別の道を通って丘陵地を下りていった。

　私はヘレーネ・クルツのことをもう少し聞きたいと思ったけれど、見すかされるのを恐れて、思いきって切り出す勇気がなかった。故郷に帰って別にすることもないのどかな生活の中で、あと数週間の休暇をのんびりと過ごせるという楽しい見通しの中で、私の若い心は、芽生えはじめた女性へのあこがれとさまざまな恋への熱望でいっぱいになっていた。それには、ただひとつの都合のよいきっかけさえあればよかったのだけれど、あいにくそれが私には欠けていた。そして、私がひそかにあの美しい少女の面影を思いつめればつめるほど、こだわらずに、彼女のことや彼女の境遇についてたずねることができなかった。

ゆっくり家へ帰る道すがら、私たちは畑のへりで花を摘み、大きな花束をいくつかつくった。こんなことは、もう長いことやったことがなかった。私たちの家では、部屋という部屋に鉢植えの花を置くばかりでなく、どのテーブルや戸棚の上にもいつも新鮮な花束を置いておくのが、母によって始められた習慣だった。何年ものあいだに、簡単な花瓶やガラス瓶や壺がたくさん集まっていた。そして、私たちきょうだいは散歩に出れば、花かシダか木の枝かを持たないで帰ることはめったになかった。

私はもう何年ものあいだ野の花をまったく見たことがないような気がした。野の花というものは、そぞろ歩きながら緑の大地の中の色彩の島として絵画を見るように楽しんで眺める場合と、ひざをついたりかがみこんだりしてそれらをひとつひとつ眺め、いちばん美しいのを選び出して摘む場合とでは、まったく違って見えるものである。私は、学校時代の遠足を思い起こさせる小さな人目につかない花の咲いている植物を見つけ出した。それから母がとくに好きで、自分で考案したとくべつの名前をつけたほかの植物も見つけた。そういうのがみんなまだそこにあって、そのどれを見ても、私には思い出が湧いてきた。そして、青や黄色のどの花冠からも、楽しかった私の幼年時代が、妙になつかしそうに、親しげに私の目を見つめた。

私たちの家のいわゆるサロンには、荒削りのモミ材でつくった背の高い本箱がたくさんあった。その中には、祖父時代の蔵書が整理されないまま、雑然といくらか放りっぱなしにしてあった。そこで私は幼いころに、たのしい木版画の挿絵入りの黄ばんだ版で、ロビンソンやガリヴァーを見つけて読んだものだった。それから昔の航海者や探検家の物語、さらに後になっては、『ジークヴァルト、ある修道院物語[10]』、『新アマディス[11]』、『ヴェルテルの悩み』、オシアン[12]など多くの古典もの、続いてジャン・パウル[13]、シュティリング[14]、ウォルター・スコット、プラーテン[15]、バルザック、ヴィクトル・ユゴーなどのたくさんの作品、それからラーヴァータ[16]の人相学の小型本、多年にわたるきれいな装丁の小型版の年鑑、ポケット版の本、民間暦などを見つけて読んだものだった。民間暦の古いのにはコドヴィエツキ[17]の銅版画がついていたし、新しいのにはルートヴィヒ・リヒター[18]の挿画が、そしてスイス版にはディステリ[19]の木版画の挿絵がついていた。

音楽をやらない晩や、フリッツといっしょに花火の薬包づくりをしない晩には、私はこの蔵書の中から、どれか一冊を自分の部屋へ持って行き、祖父母がそれを読みながら夢中になったり、溜息をついたり、考えこんだりした黄ばんだページの中へ、パイプの煙を吹きこんだ。ジャン・パウルの『巨人』の一冊は、花火をつくるために弟が中身をとり出して、使ってしまっていた。私がはじめの二巻を読んで第三巻をさがしていると、彼はそのことを白状し、あの巻はそれでなくても落丁があったと言い訳をした。

このような夕べはいつも楽しくおもしろかった。私たちはみんなで歌った。ロッテはピアノを、フリッツはヴァイオリンを弾いた。母は彼女が幼かったころの話をして聞かせ、ポリーは籠の中でフルートを吹くようにさえずり、寝るのを拒んだ。父は窓辺でくつろいだり、小さな甥たちのために熱心に絵本を読んでやっていた。

それでも、ある晩へレーネ・クルツがまた三十分ほどおしゃべりに来たとき、私は決してそれをじゃまだなどとは感じなかった。私は彼女に何度も視線を送り、そのつど彼女がどんなに美しく、申し分ない女性になったかに驚きの目をみはった。彼女が来たとき、ちょうどまだピアノの上にロウソクがともっていて、彼女もいっしょに二重唱の歌をうたった。しかし私は、彼女のアルトの声のどの音も聴きもらすまいと、ごく小声でしか歌わなかった。私は彼女のうしろに立って、その栗色の髪をすかしてロウソクの光が金色にきらめき、歌うとき彼女の肩がかすかに揺れるのを見ていた。そして、彼女の髪を手で少しなでてみたら、どんなにすばらしいだろうと思った。

私はすでに堅信礼の年に彼女に恋をしていたので、彼女とは昔からある思い出によって一種のつながりをもっているのだと、自分勝手に思いこんでいた。それで、彼女のあっさりした愛想のよさが、いささか期待はずれであった。そういう思いはただ自分の方からだけのもので、彼女が全然知らずにいたなどとは、私は考えてもいなかったからである。

あとで彼女が帰るとき、私は帽子を取って、ガラス戸のところまで送って行った。「おやすみなさい」と彼女は言った。けれど私は彼女の差し出した手を取らずに言った。

「お送りしましょう」

彼女は笑った。

「まあ、そんな必要はありませんわ。どうもありがとう。ここではそんなこと流行《はや》りませんもの」

「そうですか?」と私は言って、彼女に道を譲った。しかしそのとき、妹も青いリボンのついた麦藁帽子を取って、大きな声で言った。「私もいっしょに行くわ」

私たちは三人で階段を下りた。私はいそいそと重い玄関の戸を開けた。私たちは生暖かい薄暗がりの中へ出た。それからゆっくり町を通り、橋を渡り、中央広場を過ぎ、ヘレーネの両親が住んでいる勾配の急な町はずれへ登って行った。二人の娘たちはムクドリのように話し合っていた。私はそれに耳をかたむけながら、自分もいっしょになって、三つ葉のクローバーの一葉であることをよろこんだ。ときどき私は歩みをゆるめて、空模様をうかがうようなふりをしながら一歩おくれた。すると、黒い頭がまっすぐに伸びた白いうなじの上にゆったりとのっているのや、彼女がしっかり均整の取れたすばやい足取りで歩いているのをよく見ることができた。

自宅の前に来ると、彼女は私たちに握手をして、中へ入って行った。ドアがカチリと閉まる前に、彼女の帽子がなお玄関の暗がりにちらちらするのが見えた。

「ほんとに」とロッテが言った、「あの人美しい人ね、そうじゃない？　それに、とても可愛い魅力的なところがあるわ」

「そうだね。――ところで、おまえの友だちはどうなっているの？　すぐに来るのかい？」

「きのう手紙を出したわ」

「そうかい。ところで、同じ道を通って帰るかい？」

「そうね、じゃあ庭のあいだの道はどう?」

私たちは庭の垣根のあいだの狭い道を歩いて行った。もう暗くなっていた。崩れかかった丸太の階段や、道へぶらさがっている朽ちた垣根の板がたくさんあったので、私たちは気をつけなければならなかった。

私たちはもう家の近くに来ていて、向こうのわが家の居間のランプがもう灯っているのが見えた。

そのとき、「しーっ!　しーっ!」という低い声がしたので、妹はおびえた。それは、そこに隠れて私たちを待ちうけていた弟のフリッツだった。

「気をつけろ、止まれ!」と、彼は向こうから叫んだ。それから、マッチで火縄に火をつけて、私たちの方へやって来た。

「また花火なの?」とロッテがとがめた。

「そんなに大きな音はしないんだよ」とフリッツはうけあった。「気をつけて見てよ。ぼくの発明なんだから」

私たちは火縄が燃えつきるまで待っていた。するとパチパチ音を立てはじめ、しめった火薬のように、しぶしぶ小さな火花を散らしはじめた。フリッツはよろこびに顔を輝かせていた。

「さあ、はじまるぞ、もうすぐだ。はじめは白い火で、それから小さい音がして、赤い炎が出て、それから美しい青い火が出るんだ！」

けれど彼の言ったようにはならなかった。二、三度ピカッと光って火花を出したあと、いきなり激しいパンという音と爆風とともに、すばらしい見ものになるはずの花火全体が白いもうもうたる煙となって空中に飛んでしまった。

ロッテは笑い、フリッツはしょげた。私が彼を慰めようとしているうちに、そのもうもうたる火薬の煙は、暗い庭の上をおごそかにゆっくりと漂い流れていった。

「青い色が少しは見えたよね」と、フリッツが口をきった。私はそれを認めた。それから彼はほとんど泣き声で、自分の豪華な花火の全体の構造と、すべてがどうなるはずだったかを私に説明した。

「もう一度やってみよう」と、私は言った。

「あした？」

「いいや、フリッツ、来週になってからな」

私は、あしたと言えないこともなかったであろう。けれど私の頭はヘレーネ・クルツのことでいっぱいだった。そして、あしたあたりはひょっとすると何か幸福なことが起こるかもしれない、もしかしたら、彼女が夕方またやって来るかもしれない、あるいは、急に私のことを好きになってくれるかもしれない、という妄想に取りつかれていたのだ。要するに、私はそのとき、世界じゅうのあらゆる花火の技術よりももっと重大で刺激的に思われる事柄に熱中していたのである。

私たちが庭を通って家に入ってみると、両親は居間でチェスをさしていた。こうしたことは、すべてが単純で、あたりまえのことで、まったく変わりようがなかった。それなのに、今日ではそれが無限に遠いことのように思われるほどすっかり変わってしまった。というのは、今はもう私はあの故郷をもっていないからである。古い家も、庭も、ヴェランダも、なじみ深いさまざまな部屋や家具や絵も、大きな籠の中のオウムも、愛する古い町も、谷間全体も、私には無縁のものとなってしまって、もはや私のものではない。母も父も死んでしまい、幼かった日の故郷は思い出となり、郷愁となってしまった。そこへ私を導いてくれる道はもうないのである。

夜の十一時ごろ、ジャン・パウルのぶ厚い一冊に読みふけっていると、小さな石油ランプが薄暗くなりはじめた。ピカッと光って、かすかな不安げな音を立てると、炎が赤くなって、すすけてきた。よく調べ、ネジを回して灯心を高くしてみると、もう中に灯油がないことがわかった。すばらしい小説を読みかけていたのに残念だったけれど、今これから暗い家の中を手さぐりしながら、灯油を探すわけにもいかなかった。

それで私は、くすぶっているランプを吹き消して、しぶしぶベッドに入った。外では、暖かい風が吹き起こって、おだやかにモミの木立やライラックの茂みの中にそよいでいた。その下の草の茂った中庭では、コオロギが一匹鳴いていた。私は寝つかれないままに、またもやヘレーネのことを考えた。するとこの上品で立派な少女からは、苦しんだりよろこんだりしながら、ただあこがれて眺めるほかに、いつの日か何か得られることがあろうなどという望みはまったくないように思われた。彼女の顔や、その深い声のひびきを考え、また夕方、街や中央広場を通って行ったときのあの安定して活発なリズムの歩きぶりを思い浮かべると、私は胸が熱くなり、やるせなかった。

とうとう私はまた飛び起きた。身体がほてりすぎ、心が動揺して、とても眠るどころではなかったのである。私は窓辺へ行って、外を見た。縞模様を描いてたなびく薄雲のあいだに、下弦の月が青白く浮かんでいた。中庭ではあいかわらずコオロギが鳴いていた。私はできることならもう一時間ほど外を歩きまわりたかった。けれど私たちの家では、十時になると玄関の戸が閉められた。もし、この時間のあとで戸を開けて使用しなければならないようなことが起これば、それは、私たちの家では、いつも何か異常な、厄介な、思いがけない出来事であった。それに私は玄関の鍵がどこに掛けてあるのかもまったく知らなかった。

そのときふと、過ぎ去った年月のことが思い浮かんだ。当時まだ十代半ばの少年であった私は、両親のもとでの家庭生活をときどき奴隷暮らしのように感じて、夜ごとに良心の苛責を感じながらも冒険的な反抗心を抱いて、こっそり家をぬけ出して、夜更けまで営業している飲食店でビールを一本飲んだものであった。そのために私は、閉めてかんぬきをかけただけの庭へ出る裏木戸を通り、それから垣根を乗り越え、隣の家の庭とのあいだの狭い道を通り抜けて、街道に出たものであった。

私はズボンをはいた。それ以上のものは、空気が生暖かいので必要なかった。靴を手に取り、はだしで家をしのび出て、庭の垣根を乗り越え、寝しずまっている町を通って、ゆっくり川沿いに谷の上流の方へ歩いていった。川はかすかな音を立ててせせらぎ、水面に映っている小さな月の光とたわむれていた。

夜更けに外に出て、しんと静まった空の下、静かに流れる川のほとりを歩くことは、いつも神秘的で、魂の奥底をゆり動かすものである。そういうとき、私たちは自分たちの本源に近づいて、動物や植物との血縁を感じ、まだ家も町も建てられず、故郷をもたずにさすらう人間が、森や川や山やオオカミやタカを自分の同類として、友だちか仇敵として、愛したり憎んだりすることのできた太古の生活のおぼろな記憶を感じる。夜はまた、共同生活をしているといういつもの気分を遠ざける。もはや明かりも灯らず、人の声も聞こえないとき、ひょっとしてまだ起きている人がいれば、孤独を感じ、自分が他からひき離され、自分だけが頼りの状態にあるのを見る。

そういうとき、逃れようもなくひとりぼっちである、ひとりで生き、ひとりで苦痛と恐怖と死を味わい、耐えていかなければならないというあの最も恐ろしい人間的感情が、何を考えてもかすかにつきまとい、その気持ちは健康な人や若い人には暗い影となり警告となり、弱い人には恐怖となるのである。

そういう気持ちを私も少し感じた。少なくとも私の不満な思いはおさまって、静かな考察に変わった。あの美しい恋しいヘレーネが、おそらく私が彼女を思っているような気持ちで私を思ってくれることは決してないだろうと考えると、悲しかった。けれど私はまた、報いられない恋の苦しみのために破滅するようなことはないであろうということも知っていた。そして、神秘にみちたこの人生は、一青年の休暇中の恋の悩みよりももっと暗い深淵と、もっと厳粛な運命を内蔵しているのだということを、おぼろげに予感していた。

それでも私の興奮した血はまだほてったままで、生暖かい風に当たっていると、自分の意思とは関わりなく、それを愛撫の手や少女の栗色の髪のようにも感じて、夜おそく歩きまわっていても、疲れもせず眠くもならなかった。そこで私は、青白く見えている二番刈りの牧草地を越えて川の方へ下りて行き、軽い衣類を脱いで、冷たい水の中へ飛びこんだ。水は激しく流れていたので、私はすぐに水と戦い、力をこめて抵抗しなければならなかった。私は十五分ほど川をさかのぼって泳いだ。そのうちに、むし暑さも憂鬱な気持ちも、すがすがしい水とともに流れ去った。身体も冷え、軽く疲れも覚えたので、ふたたび服を探して、濡れたままますっぽりそれを着こむと、かろやかな楽しい気分で家に帰ってベッドに入れるようになった。

最初の数日の緊張も過ぎると、私はしだいに静かで平凡な故郷の生活になじんでいった。他郷では、町から町へ、さまざまな人びとの中を、仕事と夢想のあいだを、勉強したり飲み明かしたり、しばらくはパンとミルクで暮らし、しばらくは読書とタバコで暮らし、月ごとに別人になって、どんなに私はさすらい歩いたことだろう！　そしてここでは十年前も二十年前も同じであった。ここでは、来る日も来る週も、晴れやかに静かに同じ調子で過ぎ去っていった。そして、異郷の者となり、落ち着きのない多様な体験に慣れてしまった私だったけれど、今また、一度も故郷を離れたことがなかったかのようにこの地に溶け込んで、長年のあいだすっかり忘れていた人間や事柄に興味を覚え、異郷が私に提供してくれたものがなくとも寂しく思わなかった。

時間と日々が、ちょうど夏雲のようにかろやかに跡かたもなく過ぎ去っていった。一日一日が一幅の多彩な絵であり、一日一日があてもなくさまよう気分で、ざわめきながらやってきて光り輝くかと思うと、やがてただ夢のように余韻をのこして消えていった。私は庭に水をやり、ロッテといっしょに歌い、フリッツと花火遊びをし、母とはよその町の話をし、父とは時事問題を語った。私はまたゲーテを読み、ヤコブセンを読んだ。そして、それがつぎつぎに移行してゆき、互いに調和し合って、どれが主要なということもなかった。

そのころ私にとって主要と思われたのは、ヘレーネ・クルツと彼女に対する私の讃美であった。けれど、それもまた他のすべてのことと同じように心に浮かび、しばらく私を興奮させたかと思うと、しばらくまた意識の下に沈んでしまい、ただいつもあったものは、私の楽しく息づいている生活感情、なめらかな水の上を急がず、あてもなく楽々とのんびりと泳ぎまわっている水泳者のような気持ちだけであった。

森ではカケスが鳴き、コケモモが熟れた。庭ではバラと燃えたつようなキンレンカが咲いた。私はそれらとともに生活し、世界をすばらしいと思い、自分もいつかちゃんとした大人になり、年をとって賢くなったら、そのときにこの世界をどう思うだろうかと、ふしぎな気持ちがした。

ある日の午後、大きな筏が町を通って流れてきた。私はそれに飛び乗り、積み重ねた板の上に寝て、数時間、農家や村々を通り過ぎ、いくつもの橋の下を通って川を下っていった。上では大気がふるえ、うっとうしい雲がかすかな雷鳴とともに湧きたち、下では、冷たい川水が勢いよく泡立ちながら筏の底に当たって笑っていた。そのとき、私はこんなことを空想した――クルツ嬢もいっしょに乗っている、私が彼女を誘拐したのだ、私たちは手に手をとってすわり、ここからオランダまで下るあいだ、世界のさまざまなすばらしいものを互いに指さしあっているのだ、と。

谷のずっと下の方で筏を乗りすてたとき、私は跳びそこなって、胸まで水につかった。けれど、帰り道の暑さで、着ているものは身につけたまま湯気を立てて乾いてしまった。長いこと歩いて、ほこりにまみれ疲れはててふたたび町に戻ったとき、私は最初の家並みのそばで、赤いブラウスを着たヘレーネ・クルツに出会った。

私は帽子をとり、彼女も私に会釈した。私は、彼女が私と手に手をとって川を下り、私に「あなた」と親しく呼びかけてくれたあの夢想のことを思い出した。そして、その晩はずっと、すべてがまたもや望みがないように思われ、自分が叶わぬ夢を計画し、届かぬ星に想いを寄せる愚かな夢想家であるような気がした。それでもやはり、私は寝る前に、雁首に草を食べている二頭のシカの描かれている美しいパイプをふかしながら、十一時すぎまで『ヴィルヘルム・マイスター』[20]を読んだ。

翌晩八時半ごろ、私は弟のフリッツといっしょにホーホシュタインに登った。私たちは重い包みを持っていたので、交代でそれを運んだ。包みの中には、一ダースの強力なネズミ花火と、六個の打ち上げ花火と、三個の大きな筒型花火と、ほかにいろいろなこまごましたものが入っていた。

生暖かい晩であった。青みがかった空には、かすかにたなびく細かいヴェールのようなちぎれ雲がいっぱいに広がって、教会の塔や、山の頂をかすめて漂い過ぎ、またたきはじめた星影をたびたびおおい隠した。私たちはまずホーホシュタインですこし休み、そこから、私たちの狭い谷が淡い暮色につつまれているのを見おろした。

町や隣の村や、いくつもの橋や水車場の堰や、灌木《かんぼく》の茂みにふちどられた狭い川を見ていると、夕暮れの気分とともにあの美しい少女に対する思慕の念が、またしても私の心に忍びよってきた。そして、できることなら私はひとりで夢想しながら、月の出を待ちたかった。けれども、そうはいかなかった。というのは、弟はもう包みをほどいて、うしろから二発のネズミ花火で私をびっくりさせたからである。彼はそれをひもでつなぎ、一本の棒に結びつけて、私のすぐ耳もとで爆発させたのである。

私は少々腹を立てた。けれどフリッツは夢中になって笑い、いかにもうれしそうだったので、私もそれにつられて、いっしょに花火をやった。私たちはすばやく続けざまに、とくべつ強烈な爆竹を三つ打ち上げ、ものすごい爆発音が谷の上下に長くとどろくこだまを呼び起こしながら消えていくのを聞いた。それから、ネズミ花火、筒型花火、大きな輪転花火を上げ、最後に私たちはゆっくりと、美しい打ち上げ花火をつぎつぎと真っ暗になった夜空に打ち上げた。

「こういう本式の、みごとな打ち上げ花火って、じっさい、神様の礼拝とほとんど同じようなものだね」と、ときどき比喩を使って話すことの好きな弟が言った。「それとも、美しい歌をうたうようなものだね、そうじゃない？　とてもおごそかだもの」

最後のネズミ花火は、帰る途中、シンデルホーフの屋敷の猛犬めがけて投げ込んだ。犬は驚いて吠え立て、それからなお十五分も私たちの後ろから怒り狂って吠え続けた。それから私たちは、おもしろいいたずらをやった二人の腕白小僧みたいにはしゃいで、指を真っ黒にして家へ帰った。そして両親に、すばらしい夕べの散歩や、谷の眺望や、星空のことを、得意げに話した。

ある朝、私が廊下の窓辺でパイプの掃除をしていると、ロッテが走って来て、叫んだ。

「さあ、十一時に友だちが着くわよ」

「アンナ・アンベルクさんかい?」

「ええ、そうよ。いい、その時間に私たち迎えに行くのよ?」

「いいとも」

期待されていた客の到着は、私にはたいしてうれしくなかった。その人のことなどまったく考えてもいなかったのだ。けれど今さらどうしようもなかったので、私は十一時ごろ着くように妹といっしょに駅に出かけた。着くのが早すぎたので、私たちは駅の前をあちこちぶらついた。

「たぶん二等[21]で来るわよ」とロッテが言った。

私は信じられないという顔をして妹を見た。

「きっとそうよ、裕福な家の人ですもの。彼女は地味な人だけど――」

私はぞっとした。お上品な身のこなしで、ごたいそうな手荷物を持った淑女が二等車から降りてきて、私の住み心地のよい生家をみすぼらしいと思い、私のこともあんまり上品ではないと思うだろう、と想像したからである。

「二等車で来るなら、いっそそのまま旅を続けてもらおうよ、そうだろう?」

ロッテはむっとして、私をたしなめようとしたけれど、そのとき列車がホームに入ってきて、停まった。それで、ロッテは急いでそちらへ走っていった。私はゆっくりそのあとからついていくと、彼女の友だちが三等車から降りてくるのが見えた。グレイの絹の傘と、旅行用ひざ掛けと、質素なスーツケースとを持っていた。

「私の兄よ、アンナ」

私は「こんにちは」と言った。そして、三等車で来たけれど、彼女にどう思われるかわからなかったので、彼女のスーツケースを、とても軽かったのに自分では持たず、赤帽を呼んでそれを渡した。それから私は二人の娘とならんで町へ歩きながら、二人の話の多いのに驚いた。けれどアンベルク嬢はなかなか気に入った。たしかにとくべつな美人でないことに少し失望はしたけれど、そのかわり顔と声には好感のもてるところがあって、それが快く、また親しい気持ちを呼びさました。

今でもまだ、母が二人をガラス戸のところで迎えた様子が眼に見えるようである。母は人の顔を見抜くすぐれた眼をもっていた。もし母がはじめに吟味するように見てから、微笑して迎え入れた人なら、快適な日々を過ごせることを期待してよかった。

母がアンベルク嬢の眼を見つめ、それからうなずきかけて両手をさし出し、何も言わずにすぐに彼女を親しいくつろいだ気持ちにさせた様子が、今もまだありありと眼に見えるようだ。それで、なじみのない人に対する疑い深い私の懸念も消えてしまった。客はさし出された手と好意とを、決まりきった社交辞令など言わずに心から受けとり、最初の瞬間から私たちの家になじんでしまった。

私の未熟な分別と人生の知識をもってしても、私はあの初対面の日にもう、この感じのよい女性が無邪気で生まれつきの快活な気性をもっていて、たぶん人生経験は乏しいにしても、とにかく貴重な仲間であることを確信した。ある人が困窮と苦悩を通してのみ獲得し、多くの人は決して獲得することのできないかなり高度で貴重な快活さがあるということを、私は予感こそしてはいたけれど、身をもって経験したことはなかった。そして、私たちのお客がこういう稀な、人の心をなごませる朗らかさをもっていたことを、私の観察力ではまだしばらくのあいだ見抜くことができなかった。

友だちとしてつきあって、人生や文学について語り合うことのできる女性は、その当時の私の身のまわりではめったにいなかった。妹の友だちは、私にとってそれまでいつも恋愛の対象か、さもなければどうでもいい存在だった。ところが今、若い淑女と気後れせずにつきあいができて、自分と同等な人間のようにさまざまなことについて話し合えるということは、新しい体験であり、快いことであった。同等であるといっても、やはり私は、声にも言葉にも考え方にも私の心に温かく、そして、やさしく触れる女らしさを感じ取った。

それと同時に私は、アンナがひそかに目立たぬように巧みに私たちの生活に参加し、私たちの生活習慣に順応するのを見て、かすかな恥じらいを覚えた。というのは、私の友人でこれまで休暇の客としてわが家に滞在した者はみな、いくらか面倒をかけたし、なじまないものを持ちこんできたからである。それどころか私自身でさえ、帰省したはじめの数日間は、必要以上に口うるさく気むずかしかったからである。

ときどき私は、アンナにほとんど気遣いをする必要がないのに驚いた。話をしていて、私がほとんど無作法なことを言うようなことがあっても、彼女が気をわるくするのを見たことがなかった。それにひきかえ、ヘレーネ・クルツの場合を考えると、どうだろう！　彼女に対しては、どんなに話に熱中しているときでも、気をつけてていねいな言葉しか使わなかっただろう。

それはそうと、ヘレーネはそのころ、たびたび私たちの家へやって来た。そして、妹の友だちのアンナを気に入っているように見えた。あるとき、私たちはみんないっしょにマテーウス叔父の庭園に招待された。コーヒーとケーキと、あとでスグリの実のワインが出た。その合間に、私たちは子供のやるような危険のない遊びをしたり、行儀よく庭の道をあちこち散歩したりした。その道がきちんと掃き清められていたので、おのずとそこでは行儀よくせざるをえなかったのだ。

こうして、ヘレーネとアンナをいっしょに眺め、二人と同時に話をするのは私にとって妙な気持ちだった。この日もまたすばらしく見えたヘレーネ・クルツとは、表面的なことしか話せなかったけれど、私はこのうえなく上品な調子で話した。それにひきかえアンナとは、どんなに興味あることについても、興奮したり緊張したりせずに話すことができた。私はアンナに感謝し、彼女との話に気が休まり、安心を感じながらも、やはり、たえず彼女から眼をそらして、もっと美しい人の方を見ていた。その人を見ると幸せを感じたけれど、心はいつも満たされぬままであった。

弟のフリッツはひどく退屈していた。腹いっぱいケーキを食べてしまうと、彼は荒っぽい遊びを二つ三つ提案したが、あるものは取りあげられず、あるものは始めてすぐに中止されてしまった。その合間に、彼は私をわきの方へ引っぱっていって、このつまらない午後のことをひどくこぼした。私が肩をすくめると、彼は、ネズミ花火をポケットに入れているので、あとで娘たちがいつもの通り長々と別れの挨拶をしているときに、ぶっぱなしてやるつもりだ、と打ち明けて私を仰天させた。私は何度も頼みこんで、やっとのことでこの計画を思いとどまらせた。すると彼は大きな庭園の一番はずれへ行って、スグリの茂みの下に寝そべった。私は弟がかわいそうでもあり、その気持ちもよくわかったけれど、ほかの者たちといっしょに彼の子供っぽい不満を笑いものにして、彼を裏切るようなことをしてしまった。

あの二人のいとこのお相手は簡単だった。彼女たちは甘やかされていなかったので、もうとっくに新鮮味を失っていたジョークでも、ありがたがって渇望するように聞いてくれた。叔父はコーヒーを飲み終わると、すぐ引きこもってしまった。ベルタ叔母さんはたいていロッテのそばから離れないでいたけれど、私とイチゴ類のビン詰めのつくり方について話をしてからは私に気をよくした。

こうして、私は二人の令嬢のそば近くにとどまって、話が中断するたびに、恋している相手と話すのは、ほかの女の子と話すよりもどうしてこんなにむずかしいのだろうと考えた。私はヘレーネに何か敬愛のしるしを捧げたかったけれど、どうしても何も思いつかなかった。それで結局、たくさんのバラの中から二本を切り取って、その一本をヘレーネに、一本をアンナ・アンベルクに贈った。

これが、私が休暇じゅうに無邪気でいられた最後の日だった。あくる日、私はとくにどうということもない町の知人から、クルツ嬢が近ごろしきりにしかじかの家に出入りしているから、たぶん間もなく婚約がととのうだろう、という話を聞いた。その人はそれを他のニュースのついでに話したのだけれど、私は自分の気持ちを悟られぬように用心した。それがただの噂にすぎなくても、またどのみち私はもともとヘレーネにほとんど望みをかけていなかったのだけれど、今彼女を失ってしまったことを確信した。ショックを受けて私は家に帰り、自分の部屋へ逃げこんだ。

　当時の私の心の状態にふさわしく、私ののんきな青春時代の気分ではこの悲しみはそれほど長くは続かなかった。それでも私は、数日のあいだ、何に対しても楽しい気分になれず、森の中をひとりでうろつきまわり、長いあいだ悲しい気持ちでぼんやりふさぎこんで家の中でごろごろしたり、晩になると窓を閉め切って、即興的にヴァイオリンを弾いたりした。

「おまえ、どこか悪いのか？」と父は私に言って、私の肩に手を置いた。

「よく眠れなかったんです」と私は正直に答えた。それ以上は何も言わなかった。すると父はこんなことを言った。それを私は後になってしばしば思い出した。

「眠れない夜は」と父は言った。「いつだっていやなものだ。でも、よいことを考えていれば、そういう夜も我慢ができる。横になっていて眠れないと、とかく腹が立って、嫌なことばかり考えるものだ。けれども、自分の意志を働かせて、よいことを考えることもできるのさ」

「できるでしょうか？」と私はたずねた。それというのも、私はここ数年間というもの自由意志の存在を疑いはじめていたからだった。

「うん、できるとも」と父は力を込めて言った。

黙りがちで、つらい日々を過ごした後、私が初めてまた自分自身と自分の悩みを忘れて、ふたたびほかの人たちと暮らして楽しい気分になったあのときのことは、まだありありと記憶に残っている。

私たちは、フリッツだけを除いて、みんな居間に集まり、午後のコーヒーを飲んでいた。みなは元気で、よくしゃべったけれど、私だけは口をつぐんで、仲間に入らなかった。とはいっても、ひそかにまた人と話したりつきあったりしたい欲望を感じてはいた。

けれども、私は若い人がよくするように、自分の苦痛のまわりに、沈黙と拒絶的な反抗という防壁をめぐらしていた。私たちの家の良い習慣に従って、ほかの人たちは私をそっとしておき、私のあらわな沈鬱な気分を尊重してくれた。それで、私は自分の防壁をうちこわすだけの決心がつかず、自分自身をもてあましながら、また自分の苦業が長続きしないことを恥ずかしく思いながら、今まで本心でやっていたことを否《いや》応《おう》なくひとつの役割として演じ続けていた。

そのとき、思いがけなく、私たちのコーヒータイムの静かな楽しい雰囲気の中へ、トランペットの音が高らかに鳴り響いた。勇ましく挑戦的に吹奏された金属的に響くファンファーレの、短く威勢のよいメロディーに、私たちは一瞬みんな椅子から飛び上がった。

「火事よ！」と妹はびっくりして叫んだ。

「火事の警報にしちゃ、変だな」

「それじゃ、駐屯する軍隊が来たのよ」

そのあいだに、私たちはもうみんなどっと窓辺へ突進していた。見ると、ちょうど私たちの家の前の道路に、子供たちが群がっていて、その真ん中に燃えるような赤い衣裳を着たトランペット吹きが大きな白馬にまたがり、そのトランペットと派手な衣裳が日の光にキラキラと輝いていた。この不思議な男は、トランペットを吹きながらすべての窓を見上げ、その際、異常に大きなハンガリー風の口ひげを生やした褐色の顔を見せた。彼は熱狂的にいろいろな合図の音やいろいろな種類の即興のメロディーを吹き続けたので、とうとう近所の窓という窓が物見高い人たちでいっぱいになった。

すると、彼は楽器を口から離して、口ひげをなで、左手を腰にあてがい、右手で落ち着かない馬を制しながら、演説をはじめた。「旅の途上、そして本日一日限り、世界的に有名なわが一座はこの小さな町に滞在して、切なるご要望にこたえて、今晩ブリューエル広場において、『調教馬の豪華特別公演、高難度の綱渡り、ならびに一大パントマイム』をご覧に入れまする。入場料は、大人が二十ペニヒ、子供はその半額」と言うのだった。私たちがそれを聞いて、すべてを記憶するかしないかのうちに、もう馬上の男はキラキラ輝くトランペットをあらたに吹き鳴らし、子供の群れともうもうたる白いほこりに伴われて立ち去った。

曲馬師がその予告によって私たちのあいだに呼び起こした大笑いと陽気な興奮とは、私にとって好都合だった。私はこの瞬間を利用して、自分の陰気な沈黙をやめて、陽気な人びとの中で陽気な人間に戻った。さっそく私は二人の少女を晩の興行に誘った。父はすこし渋ったけれど、許してくれた。それで、私たちは見世物を一度外から見ておこうと、三人でぶらぶらブリューエル広場のほうへ下りていった。

行ってみると、二人の男が丸い野外演技場をつくるために熱心に杭を打ったり、綱を張りめぐらしたりしていた。それが終わると、彼らは高い桟敷を組み立てはじめた。一方、そのそばでは、みどり色の幌馬車のぶらぶら揺れる吊り梯子の上に、すごく太った老婆がすわって編みものをしていた。白いかわいいムク犬が彼女の足もとに寝そべっていた。私たちがそれを眺めているうちに、先ほどの馬上の男が町まわりから戻ってきて、幌馬車のうしろに白馬をつなぎ、赤いきらびやかな衣裳を脱ぎすてると、シャツ姿で、仲間の組み立て作業を手伝った。

「かわいそうな人たちね！」と、アンナ・アンベルクが言った。けれども、私は彼女の同情に異議をとなえ、芸人たちの肩をもって、彼らの自由な集団放浪生活を口をきわめてほめそやした。できることなら私自身も、あの人たちといっしょに高い綱の上にのぼったり、演技がすんだら皿を持ってまわってみたい、と私は言った。

「それが見たいわ」と、彼女は楽しそうに笑った。

そこで私は皿の代わりに帽子を取って、お金を集める者の身ぶりをまね、うやうやしく、道化者のために少しばかりの心づけを乞うた。彼女はポケットに手を入れて、一瞬ためらいながら探してから、一ペニヒ銅貨を私の帽子の中に投げ入れてくれた。私はお礼を言って、それをチョッキのポケットにしまった。

しばらく抑えつけられていた陽気さが、気が遠くなるほどの激しさで私を襲ってきた。私はその日、子供のようにはしゃいだ。たぶんこれには、自分自身の心の変わりやすさを悟ったことも関係していたのであろう。

夕方、私たちはフリッツも連れて興行を見に出かけた。もうその途中から、興奮してよろこびに燃え立っていた。ブリューエル広場では、群衆が黒々と波のようにひしめいていた。子供たちは期待に大きく眼をみはりながら、静かにうれしそうに立っていた。腕白小僧たちは誰かれなくからかって、互いに押し合い、人びとの足に突き当たったりした。ただ見の客たちはカスターニエの木にのぼって枝に陣取り、警官たちはヘルメットをかぶっていた。演技場のまわりには一列の座席がつくられており、舞台の真ん中には腕木の四つ付いた柱が一本立っていて、どの腕木にも石油ランプが下がっていた。それにちょうど灯がともされると、群衆は近くにつめ寄ってきて、座席は次第にいっぱいになった。そして、広場とたくさんの見物人の頭の上では、赤く煤けた石油のタイマツの炎がゆらめいていた。

私たちは板の座席に席を見つけた。手回しオルガンが鳴りだすと、演技場に、小さな黒馬を引いて座長が現れた。道化師もいっしょに出てきて、座長と話をはじめると、たびたび平手打ちをくっては話が中断し、それが大喝采を博した。話は、道化師が何かぶしつけな質問をすることで始まった。座長は答える代わりに平手打ちをくわせながら言った。

「おまえはいったい、このおれをラクダだとでも思っているのか？」

すると道化師が言った。「いいえ、親方。ラクダと親方との区別ぐらいは、ちゃんと知っていますよ」

「そうか、じゃあ、いったいどんな区別だ？」

「親方、ラクダは何も飲まずに一週間働くことができます。けれど、親方は何も働かずに、一週間飲んでいることができます」

また新たな平手打ち、新たな喝采。こうして演技は続いていった。そして、私はジョークの単純さとそれに好意的に反応する観客の素朴さをおもしろがり、不思議に思いながら、自分もいっしょになって笑った。

小さな黒馬は跳躍したり、ベンチを跳び越したり、十二まで数えたり、死んだまねをしたりした。それからムク犬が一匹出てきた。犬は輪を跳びくぐったり、二本足で踊ったり、軍隊教練のまねをしたりした。そのあいだに、道化師がくりかえし登場した。続いてヤギが出てきた。とてもかわいらしいヤギで、椅子の上に乗ってバランスをとって立った。

最後に道化師が、おまえはそこらをうろうろして、しゃれを飛ばすほかにはなんの能もないのか、とたずねられた。すると、彼はだぶだぶの道化服をすばやく脱ぎすてて、赤いタイツ姿になって立ち、高く張られた綱にのぼった。彼はハンサムな男で、芸もうまかった。そうでなくても、炎の明かりに照らし出された赤い姿が、頭上高く、濃紺の夜空に浮かんでいるのを見るのは、すばらしい眺めだった。

興行時間がすでに過ぎたからというので、パントマイムはもう上演されなかった。

それに、私たちの外出もすでにいつもの時間を超えていたので、すぐに帰途についた。公演のあいだじゅう私たちは絶えずさかんに話し合っていた。私はアンナ・アンベルクの隣にすわっていた。そして互いにたわいもないことしか話さなかったのに、今もう帰り道で、彼女のそばのぬくもりを離れたことを少し残念に思った。

ベッドに入ってからも私は長いこと寝つかれなかったので、そのことについていろいろと思いめぐらす時間があった。考えながら自分の無節操なことに気がついて、私はひどく不愉快な恥ずかしい思いをした。どうしてあの美しいヘレーネ・クルツをこんなにも早くあきらめることができたのだろう？　けれど、私は多少の理屈をつけて、その晩とそれに続く数日のあいだに、すべてをきちんと清算して、いっさいの外見的矛盾を満足のいくように解決した。

その夜なお、私は明かりをつけて、チョッキのポケットからアンナが今日、冗談にくれた一ペニヒ銅貨を探し出して、しみじみとそれを眺めた。それには一八七七年という年号が刻まれていた。ちょうど私の生まれた年[22]と同じであった。私はそれを白い紙に包んで、その上に、アンナ・アンベルクのA・Aという頭文字とこの日の日付を書き、幸福の金として、財布の一番奥の仕切りにしまいこんだ。

私の休暇の半分は——休暇というものは、いつだって前半のほうが長いものだが——とっくにもう過ぎ去っていた。そして、はげしい雷雨が一週間続いてからは、夏はしだいに老いて沈鬱になりはじめた。けれども私は、この世にはほかに何ひとつ重要なことがないかのように、ほとんど気づかぬほどに減っていく日々を、恋の小旗をひるがえして船を進めてゆき、来る日来る日に黄金の希望を積み込み、毎日がやって来て、輝き、去って行くのをひどく浮き浮きして見ながら、それを止めようとも惜しもうともしなかった。

この浮かれた気持ちは、青春時代のふしぎな無頓着さにもよるほかに、少しは私の愛する母のせいでもあった。というのは、母はひとことも口には出さなかったけれど、アンナと私との親しい交際を嫌っていないことを気づかせたからである。賢くて、しつけのよいこの女性との交際は、事実たしかに私には楽しかった。そして、彼女ともっと深い、もっと親しい関係になっても、母に認めてもらえそうに思われた。だから、心配する必要も隠し立てをする必要もなかった。私はほんとうにかわいい妹のようにアンナと過ごした。

もちろん、これだけではまだ私の願望の目標にはほど遠かった。そして、しばらくするうちに、このいつも変わらぬ友だちづきあいが、時にはほとんど苦痛に近いものとなってきた。それというのも、私は、友情というはっきりと垣をめぐらした庭園から、恋愛という広々とした自由な大地へ出てゆきたいと熱望していたのに、どうしたら私の無邪気な女友だちを、それとなくその道へ誘うことができるのか、まるで見当もつかなかったからだった。けれども、まさにこのことから、かえって、休暇の終わりころになって、満足した気持ちとそれ以上を望む心とのあいだに、すばらしく自由な浮遊状態が生まれてきた。それは何か大きな幸福のように私の記憶に残っている。

こうして私たちは幸せなわが家で楽しい夏の日々を過ごした。そうこうするうちに、母とは、昔の子供時代の関係をとりもどしたので、こだわりなく私の生活のことを話したり、過去のことを懺悔したり、これからの計画について話すことができた。私は今でもまだ、ある午後に二人で庭のあずまやに腰をおろして糸を巻いたときのことを覚えている。私は神に対する自分の信仰がどうなっているかを話し、ふたたび自分が信仰を得るようになるためには、私を納得させることができるような人がまず現れなくてはならない、と主張して話をしめくくった。

すると、母は微笑して私を見まもり、しばらく考えてから言った、「たぶん、おまえを納得させるような人は出てこないでしょう。でも、信仰がなくては生きていけないってことが、おまえ自身にもだんだんわかってくるでしょう。だって、知識なんてものはなんの役にも立たないんだからね。私たちがよく知っていると思っていた人があることをして、そのことから、私たちはその人をちゃんとしっかりと知っていなかったのだとわかることが毎日のように起こるのですからね。やっぱり人間は誰かを安心して信頼することがどうしても必要なのよ。そしてそれには、大学教授だとか、ビスマルクだとか、そのほか誰のところへ行くよりも、救世主さまのところへ行くのがずっといいことなのよ」

「なぜなんです?」と私はたずねた。「救世主については、それほどたくさん確かなことはわかっていないじゃありませんか」

「まあ、よーくわかっていますとも。それに——長い年月のあいだには、自分だけを信頼して不安をもたずに死んでいった人も、ほんの少しありましたよ。ソクラテスとか、そのほか二、三の人についてそんなことが言われています。でも、そういう人は多くはありません。それもほんのわずかだけれど、そういう人たちが心安らかに落ち着いて死ぬことができたのは、それは賢かったからではなくて、心と良心が清らかだったからですよ。だからね、そういう幾人かの人たちは、それぞれそれでよかったと認めましょう。でも、私たちのうちの誰が、その人たちと同じでしょう? こういう少数の人たちに対して、一方には何千人何万人というかわいそうな平凡な人たちがいて、それでもその人たちは救世主さまを信じていたからこそ、よろこんで安らかに死ぬことができたことを、おまえは知っていますね。おまえのお祖父さんは、救われる前に、十四ヵ月も身体の痛みと病苦の中で寝ていらしたけど、救世主さまに慰めを得ておられたから、愚痴も言わず苦痛と死をほとんど楽しそうに耐え忍ばれたのだよ」

そして最後に母は言った。「こんなことを言ってもおまえが納得できないことは、よくわかっています。でも、信仰ってものは、愛と同じように、理性によるものじゃありません。いつかおまえも、理性だけでは事足りるものでないことがわかるようになるでしょう。そして、そういうときになったら、困るときには、慰めになりそうなものならなんにでも手をのばすようになるでしょう。たぶんそのときにはまた、今日わたしたちが話したいろいろのことも思い出してくれるでしょう」

父のためには、私は庭仕事の手伝いをした。そして散歩のときによく、父の鉢植えの花のためにと思って、森の土を小さな袋に入れて持って帰った。フリッツとは、いっしょに新しい奇抜な花火を工夫し、それを打ち上げるときに指にやけどをした。またロッテやアンナ・アンベルクとは、いっしょに半日を森で過ごしたり、イチゴ摘みや花を探すのを手伝ったり、本を読んで聞かせたり、新しい散歩道を見つけたりした。すばらしい夏の日は、日一日と過ぎていった。私はほとんどいつもアンナのそばにいることに慣れてしまったが、これもまもなく終わりを告げなければならないのだと思うと、重い雲が私の休暇の青空に垂れ込めるのだった。

すべての美しいものは、どんなすばらしいものであっても、はかないものにすぎず、それぞれに決まった期限があるように、思い出の中で私の全青春を締めくくるものであったように思われるその夏も、日一日と流れ去っていった。私の間近い出発のことが話題になりはじめた。母はもう一度下着類や服など私の持ちものを入念に調べて、いくつかのものをつくろってくれた。そして荷造りの日には、自分で編んだ上等のネズミ色の毛糸の靴下を二足くれた。そして私たちは二人とも、これが母の私への最後の贈りものになろうとは知るよしもなかった。

長いあいだ恐れてはいたけれど、まるで不意打ちのように、とうとう最後の日がやってきた。それは青く澄んだ晩夏の一日で、空にはレースのような雲がやさしく漂い、おだやかな南東の風が吹いていた。風は庭にまだたくさん咲いているバラの花にたわむれ、香気を重くはらんで、正午ごろには弱まり、吹きやんでしまった。

私はこの日をまる一日充分に利用して、夕方遅くなってから出発しようと心に決めていたので、私たち若い者ばかりで、午後には楽しいハイキングをしようということになった。それで、朝の時間は両親のためにとっておいた。そして、私は父の書斎の長椅子に両親のあいだにはさまれて腰かけた。父は私のために少しばかり餞別《せんべつ》を用意してくれており、今それをやさしく、冗談めいた口調に感動をかくしながら、手渡してくれた。それは、ターラー銀貨がいくつか入っている小さな古風な財布と、ポケットに入れて持ち歩けるペンと、きれいに装丁した小さな手帳だった。手帳は父が自分でつくったもので、その中には、父のしっかりしたラテン字体で、私のために十二ほどの有益な処世訓が書きつけられていた。ターラー銀貨は節約するように、でも、出し惜しみはしないように、と父は私にすすめた。またこのペンでたびたびうちへ手紙を書くように、そして、何か新しい良い格言が有益だと身をもって感じることがあれば、父が自分の生活で有用だと思い真実だと思った格言に加えて、それを手帳に記入するようにと求めた。

二時間以上も私たちはいっしょに腰かけていた。そして、両親は私に、私自身の幼年時代のことや、自分たちや祖父母の生活のことなど、私にとって耳新しくもあり重要でもあったことをいろいろと話してくれた。けれども、その多くを忘れてしまった。私の思いがそのあいだたえずアンナの方に走っていたので、多くのまじめな大切な言葉も、うわの空で聞き流して、あまり注意を払わなかったせいかもしれない。けれど、私の心に残ったのは、書斎でのこの朝の鮮明な思い出であり、両親に対する深い感謝と尊敬の念である。そして今でも、ほかのどんな人にもない清らかで神聖な光につつまれた両親の姿を思い出すのである。

そのときはしかし、午後私が告げなければならない別れの方が、はるかに私は気にかかっていた。昼食後まもなく、私は二人の少女と連れ立って出発し、山を越えて、美しい山峡へ向かった。それは故郷の川の支流の険しい渓谷であった。

はじめのうちは、私のふさいだ気分が少女たちをも物思わしげに黙りがちにさせた。高い赤松の幹のあいだから、細く曲がりくねった谷と、その上の森の緑におおわれた広い丘陵が見渡され、茎の長いロウソク花[23]が風にゆれている山頂に出ると、はじめて私は歓声をあげて、ふさいだ気持ちを振り捨てた。少女たちは笑い声をあげ、すぐに「さすらいの歌[24]」を歌いだした。それは、「おお、はるかな谷よ、おお、頂よ」という、母の昔からの愛唱歌だった。いっしょに歌っているうちに、私は幼年時代や過去の夏休みに出かけた、楽しかった森へのハイキングのかずかずを思い出した。

最後の句の余韻が消えると、さっそく私たちは、申し合わせていたかのように、そういうハイキングのことや母のことを話しはじめた。私たちはそのころのことを感謝と誇らしい気持ちをこめて話し合った。私たちはすばらしい青春時代と故郷で過ごした時代をもっていたからである。私はロッテと手をとりあって歩いた。そのうちアンナも笑いながらこれに加わった。こうして私たちは、尾根づたいにのびている道を、ずっと三人で手を振りながら踊るようにして歩いて行った。それはほんとうに楽しかった。

それから私たちは、険しい尾根道を脇にそれて、一本の細い川沿いの暗い谷底へ下りて行った。川原石や岩を越えて流れるその渓流の音が、遠くから聞こえていた。その渓流のずっと上流に、夏だけ開いている評判のよいレストランがあって、私はそこで二人にコーヒーとアイスクリームとケーキをふるまうことにしていた。私たちは山の斜面を下りて渓流沿いに、前後に一列になって歩かなければならなかった。そこで、私はアンナのうしろになって彼女を眺めながら、今日のうちに彼女と二人きりで話すことはできないものかと思いめぐらした。

とうとう私は一策を思いついた。私たちはもう目的の場所に近く、カワラナデシコのいっぱい咲いている草深い岸辺に来ていた。そこで私はロッテに、ひと足先へ行ってコーヒーを注文し、私たちのためにすてきな野外テーブルを用意させておくように、と頼んだ。ちょうどここにはとても美しい花が咲いているから、私はそのあいだにアンナと大きな森の花束をつくろうと思うからと言って。ロッテはこの提案に賛成して、先へ出かけた。アンナは苔の生えている岩に腰をおろして、シダを手折りはじめた。

「いよいよこれがぼくの最後の日です」と私は切り出した。

「そうね、残念ですわ。でも、きっとまもなくまた帰っていらっしゃるんでしょう？」

「わかりませんよ。いずれにしても来年は帰りません。それに、帰って来ても、すべてがもう今度のようではないでしょう」

「どうしてですの？」

「そりゃ、そのときもちょうどまたあなたが来てくだされればですけれど！」

「そんなことがないとも限りませんわ。でも、今度だってわたしのためにお帰りになったわけじゃないでしょう」

「だって、ぼくはまだあなたを全然知らなかったんですから、アンナさん」

「それもそうですね。でも、あなたはちっとも手伝ってくださらないのね！　そこのカワラナデシコを二、三本取ってくださいな」

そこで私は勇気をふるい起こした。

「あとで、ほしいだけ取ってあげますよ。でも、たった今、ぼくにとってほかにとても大事なことがあるんです。ねえ、ぼくは今、数分間だけあなたと二人きりです。そして、それをぼくは一日じゅう待っていたんです。だって――ぼくはどうしても今日旅立たねばならないんです。それご存じでしょう？——で、簡単に言います、ぼく、あなたに聞きたいんです、アンナさん——」

彼女は私を見つめた。彼女の賢そうな顔は真剣で、ほとんど悲しそうになった。

「待ってください！」と彼女は私のぎこちない言葉をさえぎった、「あなたがおっしゃりたいことは、私、もうわかっていますわ。でも、今はお願いですから、それをおっしゃらないで！」

「いけませんか？」

「いけないわ、ヘルマン。なぜいけないか、それを今お話しするわけにはいきません。でも、知っていただいてもかまいません。あとでいつか妹さんに聞いてみてください、何もかもご存じですから。今はとてもそんな時間がありません。そしてそれは悲しい話なんです。それに今日は悲しい思いはしたくありませんもの。さあ、ロッテが戻って来るまでに、花束をこしらえましょう。それはそうと、私たちはいつまでもよい友だちでいましょうね。今日はお互いに楽しく過ごしましょう。いいですね？」

「できることなら、ぼくもそうしたいんですが」

「それなら聞いてください、私もあなたと同じようなんです。好きな人がいるのですけれど、その思いはかなえられないんです。でも、そういう思いをしている人は、友情やそのほか手に入れることのできる良いものや楽しいものをみんな、二倍もしっかりつかまえていなければなりません。そうでしょう？　ですから、いいですか、私たちはよい友だち同士でいて、せめてこの最後の日だけでもお互いに明るい顔を見せ合いましょう。いいでしょう？」

そこで私は小声で、ええと答えた。そして、私たちは互いに手を取って誓い合った。渓流は騒がしく歓呼し、こまかい水しぶきを私たちに浴びせた。私たちの花束は大きくなり多彩になった。それからまもなく妹が歌ったり叫んだりしながら私たちを迎えにきた。彼女が私たちのそばまで来たとき、私は水を飲むふりをして、渓流のふちにひざをつき、冷たく流れている水に、ちょっとのあいだ額と目を浸した。それから私は花束を手に持ち、私たちはそろって近道を通ってレストランへ歩いていった。

そこではカエデの木の下に、私たちのためのテーブルが用意され、アイスクリームとコーヒーとビスケットが出ていた。女主人が私たちに歓迎の挨拶をした。自分でも驚いたことに、私は、何もかもよかったかのように、話したり答えたり食べたりすることができた。私はほとんど愉快にさえなって、ちょっとしたテーブル・スピーチをして、みなが笑うと、なんの無理もなくいっしょに笑った。

あの日の午後、アンナが、どんなにさりげなく、やさしく、いたわりをもって、恥ずかしく悲しい思いから私を救ってくれたかを、私は決して忘れまいと思う。彼女と私とのあいだに起こったことを気づかせないで、彼女はすばらしく親切な態度で私に接してくれた。それは、私が平静を保つ助けとなり、また彼女の、私よりももっと前からの、もっと深い悩みに明るく耐えている態度を大いに尊敬させずにはおかなかった。

私たちが帰途についたとき、狭い森の渓谷は早くも暮色につつまれていた。しかし、急いで登りついた峠で、私たちはふたたび沈んでゆく太陽に追いついた。それから一時間ほどのあいだその暖かい光の中を歩いたけれど、町へ下りて行くときにまたそれを見失った。私は、夕陽が黒いモミの梢のあいだに大きく赤みをおびてかかっているのを見送りながら、明日はここから遠く離れた異郷でそれに再会するのだろうと考えた。

夕方、私が家じゅうの者に別れを告げたあと、ロッテとアンナが私といっしょに駅へ来てくれた。そして私が列車に乗り込んで、迫ってくる暗闇に向かって列車が走りだしたとき、手を振ってくれた。

私は列車の窓際に立って、もう街燈や明るい窓が輝いている町を見渡した。わが家の庭の近くを通るとき、私は鮮やかな真っ赤に輝く光を認めた。そこには弟のフリッツが立って、両手にそれぞれ打ち上げ花火を持っていた。そして、私が手を振って彼のそばを通り過ぎる瞬間、彼はまっすぐに花火を打ち上げた。私は窓から身を乗り出して、花火が上がり、空中に止まり、やわらかな弧を描いて赤い火花の雨を降らしながら消えていくのを見た。

初稿一九〇七年、改稿一九三〇年、一九四九年

訳注

1 二百マルク＝この小説は一八九九年の夏を描いたと思われる。当時の一マルクは、六・六ユーロに相当するので、二百マルクは一三二〇ユーロに相当する。

2 赤帽＝駅で旅客の荷物を運ぶ人。赤い帽子をかぶっていた。

3 オオババイカウツギ＝大葉梅花空木（学名 *Philadelphus grandiflors*）。和名はセイヨウバイカウツギであるが、「セイヨウ…」は訳名として不適当なので、この植物の特徴をとらえて「オオバイカウツギ」とした。ユキノシタ科バイカウツギ属の一種。

4 ズィルヒャー＝フィリップ・フリードリヒ・ズィルヒャー（一七八九―一八六〇）。ドイツの作曲家、テュービンゲン大学音楽部長。民謡の収集家・編纂者としても著名。ハイネ作詞「ローレライ」の作曲家。

5 デア・ポリーと男性名で呼ばれていた＝デア・ポリー（der Polly）、der は男性名詞の定冠詞、「ポリー君」というところか。女性名詞なら、ディー・ポリー（die Polly）となる。

6 悪評を立てた＝ハインリヒ・ハイネ（一七九七―一八五六）は、ユダヤ系ドイツ詩人であり、ドイツの反動と俗物性を痛烈に批判する評論を書き、民衆の解放を目指す革命詩人として活躍、パリに亡命した。このようなことから、ハイネの本を買うだけで、一部保守的な人たちから悪評を立てられる時代もあった。

7 月に二百マルク近くになる＝当時の二百マルクは現在の約一三二〇ユーロ。一九〇〇年ごろの多くの労働者、下級官吏、下級サラリーマンは、もっと低い賃金で生活しなければならなかったという。前頁の注1参照。

8 一ターラー＝二十世紀初頭まで使われていた銀貨で、三マルクに相当した。

9 ウルム＝バーデンヴェルテンベルク州、ドーナウ河畔の都市。

10 『ジークヴァルト、ある修道院物語』＝ドイツの詩人ヨハン・マルティーン・ミラー（一七五〇―一八一四）の長編小説全二巻（一七七六）。

11 『新アマディス』＝ドイツの小説家クリストフ・マルティーン・ヴィーラント（一七三三―一八一三）の長編小説全二巻（一七七一）。

12 オシアン＝ケルト人の古歌。三世紀、スコットランド北部を支配していたフィンガル王の最後の王子オシアン（Ossian）が、一族の戦士たちの思い出を歌ったものといわれている。一七六〇年代にスコットランドの詩人マクファーソンが英訳したことによって、広く知られるようになり、英・仏のロマン主義文学運動が大きな影響を受けた。ドイツでは、ヘルダーの『オシアン書簡』やゲーテの『若きヴェルテルの悩み』に引用されて有名になった。

13 ジャン・パウル＝ドイツの作家（一七六三―一八二五）。古典主義とロマン主義の中間に孤立する作家で、その全著作は六十五巻に達する。ヘッセが特に愛読した作家の一人。152頁の『巨人』は代表作のひとつ。

14 シュティリング＝ユング‐シュティリング（一七四〇―一八一七）。眼科医を開業し、のちに大学教授になる。ゲーテが編集・出版した自伝小説三部作は、すぐれた教養小説として、時代を超えて読み継がれた。

15 プラーテン＝アウグスト・フォン・プラーテン（一七九六―一八三五）。ロマン主義の詩人に属するが、古典的形式美を尊重した。『ガゼール集』『ヴェネツィアのソネット』が有名。晩年イタリアを永住の地と定め、シチリア島でコレラにかかって没した。

16 ラーヴァータ＝ヨハン・カスパル・ラーヴァータ（一七四一―一八〇一）。ドイツの神学者、聖書学者。『人相学断片』で当時大きな影響を与えた。

17 コドヴィエツキ＝ダニエル・ニコラウス・コドヴィエツキ（一七二六―一八〇一）。ポーランド系ドイツの画家、銅版挿絵画家。レッシング、ゲーテ、シラーらの作品の挿絵を描いた。

18 ルートヴィヒ・リヒター＝（一八〇三―一八八四）。画家、図案家、挿絵画家。ビーダーマイヤー期の代表的挿絵画家。

19 ディステリ＝マルティーン・ディステリ（一八〇二―一八四四）。スイスの図案家、挿絵画家。政治風刺画でも知られる。

20 『ヴィルヘルム・マイスター』＝ゲーテの長編小説『ヴィルヘルム・マイスターの修業時代』か『ヴィルヘルム・マイスターの遍歴時代』のこと。

21 二等で＝当時の列車の座席は、一等、二等、三等の区別があった。わが国にも一九六〇年まで一等〜三等までの区別があった。

22 私の生まれた年＝ヘルマン・ヘッセの生まれた年は一八七七年である。

23 ロウソク花＝ビロードモウズイカ（学名 *Verbascum thapsus*）の南独地方名。ヨーロッパ北中部からアジアにかけて分布。葉や花茎は白色の細毛に覆われて白緑色を呈し、長い花茎の上に黄色の花をつけるので、ロウソク花と呼ばれたと思われる。わが国では外来植物で、中部地方を中心に分布を広げている。

24 「さすらいの歌」＝「おお、はるかな谷よ、おお、頂よ」＝„O Täler weit, o Höhen“ヨーゼフ・フォン・アイヒェンドルフ（一七八八―一八五七）作詞（一八一〇）、フェーリクス・メンデルスゾーン‐バルトルディ（一八〇九―一八四七）作曲（一八四三）の歌。

訳者あとがき

ヘルマン・ヘッセの小品『クジャクヤママユ』Das Nachtpfauenauge（1911）の改稿Jugendgedenken（1931）は『少年の日の思い出』（高橋健二訳）として、一九四七年（昭和二十二年）に文部省の『中等國語』に採用されて以来、国定教科書が検定制度になってからも、十社にあまる出版社の国語の教科書に収録された。現在でも光村図書出版をはじめ四社の国語の教科書に掲載されており、これらの教科書の全国での採用率は八十パーセントに達するという。つまり、『少年の日の思い出』は一九四七年から現在まで、じつに六十四年間もわが国の中学国語の教科書に載り続けているわけで、このような教材はほかに例がなく、「国語教材の古典」といわれているのも当然かもしれない。

この作品は疑いなくわが国で最も多くの人びとに読まれた海外文学作品であり、戦後のヘッセブームの下地をつくったとも考えられるわけである。これを読んだ人たちは、ヘッセの初期の作品『ペーター・カーメンツィント』（『青春彷徨』『郷愁』）、『車輪の下』、『青春は美わし』などを抵抗なく自然に読むことができるからである。

ところが不思議なことに、この作品の原文 „Jugendgedenken" は、ドイツで出版されたヘッセの作品集にも、『全集』にも収録されておらず、ヘッセの文献について最も詳しいとされるMartin Pfeifer: „Hesse-Kommentar zu sämtlichen Werken“ (Suhrkamp 1990) には題名さえ出ていない。ドイツ語圏ではほとんど知られていないのである。

冒頭にも述べたように„Jugendgedenken“の初稿は、一九一一年に成立・発表された『クジャクヤママユ』Das Nachtpfauenaugeで、この作品はその後、『蝶と蛾』『蛾』『小さな蛾』『小さな蛾の話』などと改題されて新聞や雑誌に発表されたようであるが、単行本（『小さな庭』一九一九）や全集に収録されているのはすべてDas Nachtpfauenaugeのみである。ともかくこの作品のドイツ語圏の読者数は、わが国の『少年の日の思い出』の読者数とは雲泥の差であろうと思われる。

ヘッセは二十年後の一九三一年にこの初稿を書き改めて、題名もJugendgedenkenと変更して、ドイツの地方新聞「ヴュルツブルガー・ゲネラール‐アンツァイガー」一九三一年八月一日号に掲載した。この年にドイツ文学者、高橋健二教授が二日間にわたってヘッセを訪問された。高橋教授は、別れ際に、ヘッセから「汽車の中で読みたまえ」と二、三の新聞の切抜きを手渡された。その中の一編がこの作品で、教授は「スイスの美しい景色も忘れて、車窓でこれに読みふけった」そうである。

帰国後、高橋教授は、„Jugendgedenken“を『少年の日の憶出』と題して翻訳し、ヘッセ作品集『放浪と懐郷』（新潮社　一九四〇）等に発表した。これが文部省の国語編纂者の目にとまり、中学の国語教材として採用されたのである。

またこの原文は一九五七年、そのタイトルのまま、わが国の大学のドイツ語用のテクストとして郁文堂から出版された。Hermann Hesse : „Jugendgedenken“ herausgegeben von K. Takahasi Ikubundo Verlag, Tokyo がそれである。

一九五〇年、中学生のとき、私は国定教科書『中等國語』で『少年の日の思い出』を読んだ。どんな魅力的な作品でも学校の教科書に載ったりすると、なぜか色褪せて味気ないものになってしまうものだけれど、この作品だけは例外であった。当時、疎開先の栃木県親園村（現、大田原市）からさらに転居して八溝山の麓の伊王野村（現、那須町）に住んでいた私は、この作品の主人公以上に、蝶の採集や飼育や標本作製に熱中していた。休日はいうにおよばず、平日でも学校が終わるとすぐに採集用具を持って山野を駆けめぐった。

ヘッセは、捕虫網を手に美しい蝶に近づいて行くときの胸の高鳴りを、「子供だけが感じることのできるあのなんとも表現しようのない、むさぼるような恍惚状態」とか「繊細なよろこびと、荒々しい欲望の入り混じった気持ち」などと表現しているが、私も、心臓が破裂するかと思うほど興奮したり、内臓が千切れるかと思うほど悔しい思いをしたり、眼が眩むほど有頂天になったりする気持ちを味わった。こんな気持ちはこの趣味に熱中した人でなければ到底理解できないであろう。

そんなわけで私にとって『少年の日の思い出』は、他人ごととは思えず、何度も何度も暗唱してしまうほど読みふけった。ただ、蝶と蛾がなんの区別もなくすべて「ちょう」「ちょうちょう」などと訳されていることや、採集や標本作製の用語に違和感をもったこと、少年が盗んでしまう楓蚕蛾《ふうさんが》（当時はそう訳されていた）という蛾はどんな蛾なのか、なんとか見たいものだと思ったことなどを今でもはっきりと覚えている。

しかし後年、高橋先生にお会いすることになり、この作品を原語で読み、その作品の初稿『クジャクヤママユ』Das Nachtpfauenauge を自分で訳すことになろうなどとは、もちろん夢にも思わなかった。

大学でドイツ文学を専攻した私は、郁文堂のテクスト „Jugendgedenken" を読んで、そこに現れる蝶や蛾のドイツ語名を知り、ドイツの蝶蛾図鑑を調べて、ドイツにはコムラサキが二種類いること、Gelbes Ordensband がわが国にも生息するワモンキシタバ（学名 *Catocala fulminea*）であること、Nachtpfauenauge と呼ばれている蛾には大・中・小の三種類あること、などを突き止めた。この三種類の蛾は日本には生息しないので、和名がなく、独和辞典にも載っていなかった。それで私はこれらの蛾に、オオクジャクヤママユ（学名 *Saturnia pyri*）、クジャクヤママユ（*Eudia spini*）、ヒメクジャクヤママユ（*Eudia pavonia*）と和名をつけた。（口絵参照）

そして少年が盗んでしまう蛾はクジャクヤママユであろうと推定した。オオクジャクヤママユは開張十二〜十五センチもあるので、少年が片手で持ってポケットに入れることは不可能であること、クジャクヤママユとヒメクジャクヤママユは開張四〜五センチでほぼ同じ大きさであるが、クジャクヤママユは大珍品であり、ヒメクジャクヤママユは普通種であること、そして題名から考えてもクジャクヤママユが妥当であろうと考えたわけである。

大学院時代、私は高橋先生に教えを受ける機会に恵まれた。大学院の仲間たちと出した„Wohin?"というガリ版刷りの同人雑誌に、私は「ドイツ文学に現れる蝶と蛾」という小論文を書いた。ヘッセ、カロッサ、シュナックなどの作品に出てくる蝶や蛾を、引用文とともに解説したものである。もちろん『少年の日の思い出』も取りあげた。

これが高橋先生の目にとまり、「一度家へ来て、蝶や蛾の話をしてくれないか」と言われた。私は、ドイツから取り寄せた蝶や蛾の標本や図鑑を持ってお伺いした。残念ながらそのときには三種類のクジャクヤママユの標本だけは持っていなかった。私は、中学のときに『少年の日の思い出』を読んだこと、この作品に出てくる蝶や蛾の名前に疑問をもっていたことなどについてお話しし、ヨーロッパ産の蝶や蛾の標本や図鑑をお見せした。そして、Gelbes Ordensband は「黄べにしたば蛾」ではなく「ワモンキシタバ（輪紋黄下翅蛾）」であること、Nachtpfauenauge は「楓蚕蛾」よりも「クジャクヤママユ（孔雀山繭蛾）」とした方がよいのではないか、などと申し上げた。

先生は私の話を興味深く聞いてくださり、先生がヘッセから直々いただいたという『少年の日の思い出』の原文を見せてくださった。それは前述のようにWürzburger General-Anzeigerという地方新聞の切抜きであった。それを拝見して、私はそこにひとつミスプリントがあるのを見つけた。ワモンキシタバの学名*fulminea*が*tulminea*になっていたのである。これは誤植であると気づかれぬまま、翻訳では「ツルミネア」、郁文堂のドイツ語テクストでも*tulminea*となっていた。先生は、訳文も、ドイツ語のテクストも訂正してくださると約束してくださった。

後日、光村図書出版の『中学国語』の指導用教材に、「『少年の日の思い出』に現れる蝶と蛾」という解説を高橋先生からのご依頼で書いたことがある。

一九八四年に、私はヘルマン・ヘッセの『蝶』(フォルカー・ミヒェルス編の詩文集)を翻訳して朝日出版社から刊行した。その中に初稿『クジャクヤママユ』も含まれている。この書のあとがきで、この作品集に現れる蝶と蛾について詳しく解説し、当時の独和辞典の誤りや誤植を指摘した。この書は三刷まで出て絶版となり、同じ内容の『ヘルマン・ヘッセ蝶』が岩波書店から「同時代ライブラリー」百冊刊行記念として刊行されたが、これも現在では廃刊になっている。なお、『クジャクヤママユ』は『百蟲譜』(奥本大三郎編　彌生書房　一九八四)、ちくま文学の森『幼かりし日』(筑摩書房　一九八八)、『現代の国語I』(三省堂　二〇〇二~五)、『ヘルマン・ヘッセ全集』第6巻(臨

„Jugendgedenken"（『少年の日の思い出』）が初めて掲載されたドイツの地方新聞

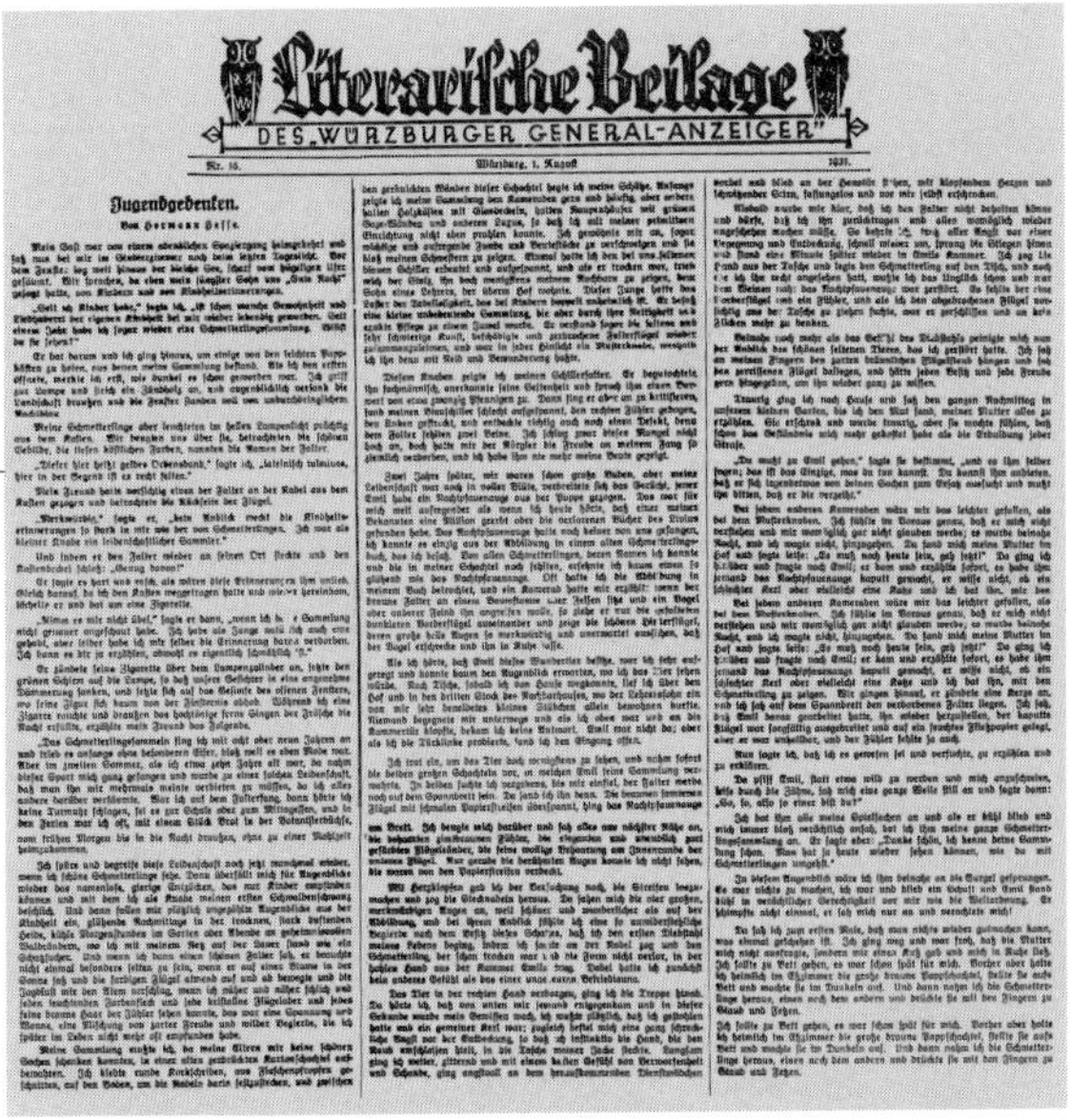

この記事は、十文字高等学校教諭山之内英明氏が、ヴュルツブルクのマイン・ポスト社から直接入手されたものである。その冒頭部分が山之内氏のブログ「英楽館」のドイツ旅行記に掲載されていた。それを新部公亮氏が見つけて、山之内氏から全面のコピーを譲り受けて、もとは２頁に掲載されていた文章を１頁にまとめたものである。

„Dieser hier heißt gelbes Ordensband," sagte ich, „lateinisch tulminea, hier in der Gegend ist es recht selten."

上記記事の誤字がある部分（19〜20 行目）を拡大したもの。*tulminea* とあるが，正しくは *fulminea* である。したがって，このように訳される。「『これはワモンキシタバ，学名はフルミネア。この辺では珍品だよ』と私は言った」

川書店　二〇〇六）などにも収録された。
初稿『クジャクヤママユ』と、改稿『少年の日の思い出』とを比較すると、内容的にはほとんど差がないものの、各所に推敲・削除のあとが見られ、当然のことながら二十年後に発表された後者の方が文学的完成度は高い。ドイツのヘッセ研究家のひとりは、Jugendgedenkenという題名は、新聞社が付けたものではないか、という意見であったが、私はヘッセ自身が変更したものであろうと思っている。ヘッセは、一度発表した小品やエッセイを推敲して別の新聞や雑誌に発表する場合、かならずといっていいほど題名を変えているからである。一例を挙げれば、初出『百日草』は、『晩夏の花』『晩夏の手紙』『夏の終わりの手紙』『ある手紙』『百日草の花束』『草花について』『晩夏の花を眺めて』『最後の夏の手紙』『百日草への愛の告白』『百日草に見惚れて』『部屋で枯れてゆく百日草』などと改題されている。

二〇〇八年四月、「どくとるマンボウ昆虫展」（日本昆虫協会主催）を開催した。これは、北杜夫『どくとるマンボウ昆虫記』を具現化（標本を文章とともに展示）した展覧会で、著者から私が許諾を得て、新部公亮氏（栃木県庁職員）とともに二年前から企画し、全国の虫屋に協力を求め、新部氏が展示物を作製したものである。大変好評で、現在までに、今市市、矢板市、川口市、結城市、仙台市、軽井沢高原文庫、松本市、北杜市、信州昆虫資料館、上山市、日光市などで巡回展がおこなわれた。

　これに続くものとして、二〇〇九年四月に、「ヘッセ昆虫展『少年の日の思い出』」をやはり新部氏と企画して開催した。これは、『少年の日の思い出』を中心に、拙訳『ヘルマン・ヘッセ　蝶』所収の詩や散文に出てくる蝶や蛾を、訳文や解説とともに展示したもので、これも現在までに、今市市、矢板市、信州昆虫資料館、大阪市立自然史博物館、徳島県立博物館、鹿児島県立博物館、軽井沢高原文庫などで巡回展示された。

　この展覧会をドイツやスイスのヘッセ博物館で開催できないものか、という新部氏の希望を受けて、昨年秋、日独文化交流の仕事をしておられたウルリーケ・シュラック女史と私が、フォルカー・ミヒェルス氏に展覧会の資料を添えて、その可能性を検討していただく手紙を出した。これに対して、V・ミヒェルス氏から、「ドイツとスイスの三ヵ所のヘッセ博物館で『ヘルマン・ヘッセと蝶・蛾』と題して、巡回展示したい」という手紙が届いた。さらにヘッセ生誕の町カルフ市と同市のヘッセ博物館から、新部氏と私に招待状が届いた。「この展覧会をドイツのカルフ市、ガイエンホーフェン、およびスイスのモンタニョーラのヘッセ博物館で開催することになり、初めにカルフ市の博物館で二〇一〇年二月九日から六月二十七日まで開催します」ということで、今年の二月、カルフの博物館での公開に際して、その準備、内覧会、オープニングセレモニーなどのために、招待されたのである。

このための準備として、新部氏は寄贈する展示品をもう一セットつくり、私は昨年末に、日本蝶類学会（テングアゲハ派）の学会誌„Butterflies"に『少年の日の思い出』と『クジャクヤママユ』という小論文を書いた。

この小論は、二作品に関する前述のような事情を説明し、さらに、私が読んだ当時の高橋健二訳『少年の日の思い出』にコメント六十一ヵ所と注釈十四ヵ所をつけたものである。恩師、高橋先生の訳にコメントや注釈をつけるなど、畏れ多いことで、できれば避けたいところであった。それをあえてしたのは、蝶や蛾や昆虫関係の用語にご関心のなかった先生の訳にはかなり多くの問題があったこと、そして、日本人客も多いヘッセ博物館で展覧会を開く場合、ヘッセの蝶や蛾に関する文章をドイツ語と日本語で展示する必要があり、高橋訳の問題の箇所を明らかにしておく必要があったなどのためである。

カルフの博物館での「ヘルマン・ヘッセと蝶・蛾」展も大成功であった。

来年二〇一一年は日独交流百五十周年にあたる。このたび下野市のグリム館で「ヘルマン・ヘッセ@アート展」（「ヘッセ昆虫展『少年の日の思い出』」を改題）を開催（十一月二十日〜十二月十九日）するにあたり、ドイツ大使館からこの展覧会が日独交流百五十周年を記念する催しのひとつと認められ、後援を得られることになった。この展覧会は来年も各地で公開されるであろう。

このたび、各方面からのご要望にお応えして『少年の日の思い出』の新訳を発表することになった。私にとっては、運命の出会いの書ともいえるこの作品の翻訳を、日独交流百五十周年にあたって刊行できることは、大きなよろこびである。

『少年の日の思い出』は小品ではあるが、わが国での抜群の知名度を考慮して、この短編集のメインタイトルとした。

『ラテン語学校生』Der Lateinschüler は、一九〇五年成立、一九〇六年発表、その後改稿され、数種の作品集や『全集』に収録された。国松孝二、石中象治、高橋健二、井出賁夫、茅野嘉司郎氏らの先訳がある。本書に収めたものは、『少年の日の思い出』に続く年代の作品として、この短編集のためにあらたに翻訳したものである。

ヘッセはマウルブロン神学校時代（『車輪の下』に描かれた時代）の前後にラテン語学校に通っている。この作品はその体験を描いたものであろう。神学校退学以後は、自殺未遂事件を起こしたり、精神病院に入れられたりした辛い時期であった。しかしこの短編にはそのような暗い影はまったく投影されていない。ちなみに、ヘッセはギムナージウムを中退したまま、大学へは行っていない。

これは初恋の物語として成功した作品であろう。少年は思い悩んだ末に美しい町娘に思いを打ち明ける。娘は少年の心がわかって好意はもってくれるけれど、「恋人になるのなら、その前に一人前になって、自活できるようにならなければいけない」とたしなめる。結局この恋は実らず、娘は大工職人と婚約する。その大工は屋根から落ちて瀕死の重傷を負う。見舞いに行った少年は、心から愛し合う二人の姿を見て、自分もこの哀れな少女とその婚約者のように清らかに愛し、愛を受け入れたいと願う。

『大旋風』Der Zyklon は、一九一三年成立・発表、一九二九年改稿され、他の短編とともに発表、一九三〇年短編集『この世』Diesseits に収録され、さらに数種の『全集』に収録された。すでに『旋風』の題名で、豊永嘉之、高橋健二、大和邦太郎氏らの先訳がある。この訳は、『ヘルマン・ヘッセ全集』第7巻（臨川書店）に収録するために翻訳したもので、収録にあたって編集委員の査読を受けたものを、さらに今回見直したものである。

この作品は『ラテン語学校生』に続く年代、ヘッセがカルフの時計工場の見習い工員であった時代の体験をもとに書かれたものである。

一八九五年七月一日、ヘッセが十八歳になる一日前に、故郷の町カルフがサイクロンに襲われた。ヘッセはその日に書いた友人宛ての手紙で「新聞でご覧になるでしょうが、それはものすごい雹まじりの突風で、わずか三分くらい続いたかどうかでした。破壊された店や屋根やレンガや窓などの破片がいたるところに飛び散りました。一瞬のうちに巨大な強い樹木が根こそぎになったり、へし折られたりして、畑も庭もすっかり壊滅状態になってしまいました」と報告している。

主人公はある若い女性工員に熱愛され、この世の終わりと思われるほどの大旋風のさなか、熱烈な抱擁とキスを受ける。けれど、「幸福をこんなでき上がったかたちで、努力もせずに女の子の方から贈られる」ことが不本意で、同情心をもってしか応えられない。

これは、ヘッセの人生の大きな節目の作品である。この物語の最後に「私の幼年時代と今の私とのあいだには、ぱっくりと裂け目がひとつできてしまった。そして私のふるさとはもう昔のふるさとではなくなってしまった。過ぎ去った歳月の好ましいことと愚かさが私から離脱してしまった。その後まもなく、一人前の男になるために、人生を……乗り切るために、私はこの町を去った」とあるように、ヘッセは故郷の町を去り、テュービンゲンの書店に勤めながら文筆活動に入るからである。

『美しきかな青春』Schön ist die Jugendは、一九〇七年成立・発表、一九三〇年に改稿して短編集『この世』Diesseitsに収録、さらに数種の『全集』に収録された。『青春は美し』『青春は美わし』などの題名で、植村敏夫、関泰祐、豊永嘉之、高橋健二、国松孝二、北垣篤氏ら多くの先訳がある。

本書では形容詞を先頭に出した詠嘆的なタイトルを酌んで、『美しきかな青春』とした。前記の『ヘルマン・ヘッセ全集』第5巻に収録するために翻訳したもので、収録に際して編集委員の査読を受けたものであるが、本書に収めるにあたってそれにさらに手を加えた。

時代的には、『大旋風』に続く作品で、「もてあまし者」であったヘッセが、一八九九年、二十二歳のとき、テュービンゲンの書店での仕事を終えて、「一人前の男」となって帰郷した夏の物語である。この後ヘッセは、スイスのバーゼルの書店に勤めることになる。

ヘッセの数ある短編小説の中でも指折りのすぐれた、有名なものであり、ヘッセ自身も、姉のアデーレ（作品中では妹ロッテとなっている）宛ての手紙（一九四六年）に「この作品は、私にとって、おそらくは姉さんにとっても、戦争と危機の前の時代の私の初期の小説の中で最も愛すべきものでありましょう。というのは、この作品には、私たちの青春時代や、私たちの両親の家や、私たちの当時のふるさとが忠実に保存され、描写されているからです」と書いている。美しいヘレーネ・クルツとアンナ・アンベルクへの恋は実らなかったけれど、非常に後味のよい作品である。弟が兄の旅立ちに夜空に打ち上げる花火が印象深い彩を添えている。

本書刊行に際しては、草思社の編集顧問木谷東男氏と麻生泰子さんに大変お世話になった。心からお礼を申し上げる次第である。また、口絵を撮影された石井宏尚氏と、カバーのクジャクヤママユとヒメクジャクヤママユの絵を描いてくれた永井佑樹君（中学生・当時）に謝意を表する。

二〇一〇年十月二十一日

岡田朝雄

文庫版あとがき

ヘルマン・ヘッセ『少年の日の思い出―ヘッセ青春小説集』（二〇一〇）が草思社文庫に収められることになった。この機会に、全体を見直し、訳文の修正をしたほか、ルビを増やし、訳注を修正・追加したことをお断りしておく。

また『少年の日の思い出』を中心とするわが国での「ヘッセ昆虫展」と、海外での「ヘルマン・ヘッセと蝶・蛾展」に関する続報を記しておきたい。

二〇一一年以降のわが国での「ヘッセ昆虫展」開催地と期間は次の通りである。

・川口市　川口市立図書館（二〇一一年八月十三日～十六日）
・長野県　軽井沢高原文庫（二〇一一年十月一日～十一月三十日）
・福山市　ふくやま文学館（二〇一二年四月二十日～七月八日、四月二十九日筆者講演）
・那須塩原市　那須野が原公園（二〇一二年七月六日～七月十九日）
・栃木県　日光だいや川公園（二〇一二年七月二十一日～八月十二日）
・町田市　玉川大学日本昆虫学会（二〇一二年十一月三日～五日）
・宇都宮市　宇都宮市立南図書館（二〇一三年一月五日～二月二十二日）

・長岡市　川口きずな館（二〇一三年五月一日〜六月十五日）
・金沢市　石川県立自然史資料館（二〇一三年七月六日〜九月一日）
・岩国市　岩国徴古館（二〇一三年九月八日〜十月二十七日）
・高崎市　群馬県立土屋文明記念文学館（二〇一四年二月一日〜四月六日、三月二十九日筆者講演）
・宇都宮市　栃木県立図書館（二〇一四年七月三十一日〜九月二十八日）
・鹿沼市　鹿沼市立図書館（二〇一五年十一月二十八日〜十二月十三日）

このうち、ふくやま文学館での開催に関して、ヘルマン・ヘッセ「少年の日の思い出」展を記録する会、会長早川邦夫氏の編集になる『ヘルマン・ヘッセ「少年の日の思い出」〜ヘッセ昆虫展記録集（福山会場）〜』が刊行され、関係者や希望者に無料で配布された。この記録集はすでに品切れである。（「ヘッセ昆虫展」についての問い合わせは、〒321-1414　日光市萩垣面2440-321　新部公亮まで）

二〇一一年は、日独交流一五〇年にあたる年で、ドイツ大使館から、この展覧会がその記念事業の一つと認められた。そしてドイツで第二回目の展覧会が、同年二月二十七日から六月二十六日までボーデン湖畔のガイエンホーフェンで開催され、パンフレットには、日独交流一五〇年のロゴマークが使用された。この地は、ヘッセが作家として独立し、結婚した一九〇四年から一九一二年まで住んだところで、最初に借りた農家が、

Hermann Hesse – Höri-Museum となっているのである。

さらにこの展覧会は、二〇一三年三月三十日から九月一日までは、スイス南端のモンタニョーラにある Museo Hermann Hesse で開催された。モンタニョーラは、ヘッセが第一次世界大戦の戦時奉仕の仕事から解放され、作家として再起を図った一九一九年以降、生涯住んだところである。

三月二十九日の内覧招待会には、新部氏と私は出席できなかったが、在スイス日本国大使前田隆平氏ご夫妻をはじめ、ズィルバー・ヘッセ（詩人の孫）、フォルカー・ミヒェルス、H・シュニールレ－ルッツ氏らお歴々が集まり、好評であったという。後日、H・シュニールレ－ルッツ氏から、内覧会当日の模様を記した手紙と、氏による講演の内容と、写真集が届けられた。

この展覧会開催の準備中、ヘッセが一九三一年から晩年に住んだモンタニョーラの家カーサ・ロッサ（赤い家）の現在の持ち主から、ヘッセ記念館レギーナ・ブーハー館長にヘッセの遺品である蝶の標本額が寄贈された。この額には、蝶の標本が八頭しか入っておらず、明らかに未完成のものであるが、新発見であることは間違いない。私は館長からこの標本の同定を依頼された。八頭のうち二頭は東南アジア産で、これは一九一一年にヘッセ自身が採集したものと思われ、残りの六頭はドイツまたはスイス産であり、私はそれらの学名とドイツ語名をお知らせした。この標本額の発見はすばらしい。ヘッセの所持していた蝶や蛾の標本でこれまで知られていたものは、書斎に飾られていた、アポロウスバシロチョウ、片羽のとれたヒメクジャクヤママユ、東南アジアでの採集品シロオビアゲハ、テンジクアゲハなどの入った標本箱と、エッセイ「マダガスカルの蛾」ニシキオオツバメガの箱（これは多くの書籍や資料とともに、マールバッハのシラー国立博物館に寄贈された）だけだったからである。

ヘッセは、少年時代に熱中した蝶の採集をマウルブロン神学校時代にやめたと思われるが、長いあいだ中断していたこの趣味が、ガイエンホーフェン時代に復活する。「子供ができてから、自分の子供のころのいろいろな習慣や趣味がまたよみがえってきてねえ。そのうえ、一年ほど前からまた蝶や蛾の採集を始めたんだよ」と『少年の日の思い出』（本書7ページ）に書かれている通りである。この作品の初稿『クジャクヤママユ』を書いた一九一一年には、親友の画家と二人で、マレーシア、スマトラ、セイロン（スリランカ）へ旅行している。この旅行の動機として、研究家たちは、インドへのあこがれ（母がインド生まれ、祖父、父がインドで布教）、ヨーロッパと家庭からの逃走、生来の放浪好き、などを挙げているが、私はそこに「熱帯の蝶の採集」を加えたい。しかもこれが第一の動機であったと確信している。蝶の魅力にとりつかれた人は、蝶の採集だけが目的で世界の果てまで出かけて行くものである。この旅行の壮行会にヘッセに贈られたオットー・ブリューメルの影絵には、椰子の木の下で現地民に混じって捕虫網をかついだヘッセの絵が描かれている。このヘッセの蝶採集の影絵シリーズと物語は、後に出版された。

実際ヘッセはこの旅行中、マレー半島やセイロン島で、何度も蝶の採集を行ない、標本商から標本を買ったり、シンガポールの博物館へ何度も蝶の標本を見に行ったりしている。旅行から帰ってからも、標本作りに励み、同行者と標本の交換をし、息子たちとボーデン湖畔やベルン郊外で採集をしている。

採集やコレクションをやめてからも、蝶や蛾に対する興味を失ったわけではなく、蝶や蛾を描いた多くの詩や散文を残している。それらを集めた詩文集が、フォルカー・ミヒェルス編『ヘルマン・ヘッセ　蝶』である。

ヘッセが一九三六年に書いた「蝶について」というエッセイの中から、蝶に対するヘッセの考えがよくわかるところを引用して、結びとしたい。

蝶はほかのすべての動物とは違った動物なのです。蝶は厳密には一つの動物では決してなく、一動物の最後の、最もはなやかな、そして同時に生きるために最も重要な状態なのです。蝶はそれ以前の眠っている蛹、そしてその蛹以前の大喰いの幼虫であった生き物が、婚礼をあげ、同時に子供をふやし、そしてやがて死におもむく準備をした壮麗な形態なのです。蝶はひたすら愛するために、子孫を増やすために生きるの

です。(中略)
少年たちの中からくりかえしくりかえし蝶の愛好家や採集家が生まれ出てくることがなくなるとすれば、蝶のすばらしい名前もしだいに消えてしまうでしょう。(中略)
蝶の採集家のために、少年にも老人にもなお一言しておきたいと思います。採集家ができるだけ長く保存するために蝶を殺し、針を挿し、標本にすることは、ジャン・ジャック・ルソーの時代からしばしばセンチメンタルな態度で、野蛮で残忍なことだと見なされてきています。(中略)これはすでにその当時から部分的にナンセンスでしたし、今日ではほとんどまったく意味をなしません。もちろん少年の場合も、大人の場合も、蝶をできればそっとしておいて、自由の中で生きたまま観察するという境地にまでは到達することのできない採集家もいます。しかし、蝶の採集家の中でも相当粗野な人たちでさえいろいろと貢献していることがあるのです。(中略)愛する蝶がとにかくまだ私たちのところに生存していることに対しても、たいてい彼らが貢献しているのです。なぜなら、採集のよろこびは結局つねに採集することだけでなく、それに劣らず保護することを学び、実行せねばならないところまで行き着くからです。(中略)
真の蝶の採集家は、幼虫や蛹や卵を大切に扱うだけでなく、自分の周囲で可能なかぎり多くの種類の蝶が生きていけるようにするために、できるだけのことをしています。

『少年の日の思い出』掲載の新聞記事をドイツで発掘して持ち帰り、資料提供してくださった十文字高等学校教諭山之内英明氏と、ドイツのお金の変遷に関して調査をしてくださったドイツ経済金融日刊紙「ハンデルスブラット」元記者アンドレアス・ガンドウ氏に、心からお礼を申し上げたい。

また、文庫版刊行に当たって大変お世話になった草思社編集部長藤田博氏に厚くお礼を申し上げる次第である。

二〇一五年十二月

岡田朝雄

＊本書は、二〇一〇年に当社より刊行した作品を文庫化したものです。

草思社文庫

少年の日の思い出

2016年2月 8 日　第1刷発行
2024年6月24日　第5刷発行

著　者　ヘルマン・ヘッセ

訳　者　岡田朝雄

発行者　碇　高明

発行所　株式会社 草思社

〒160-0022　東京都新宿区新宿 1-10-1
電話　03(4580)7680(編集)
　　　03(4580)7676(営業)
　　　http://www.soshisha.com/

本文印刷　株式会社 三陽社

付物印刷　中央精版印刷 株式会社

製本所　加藤製本 株式会社

本体表紙デザイン　間村俊一

ISBN978-4-7942-2183-4　Printed in Japan

草思社文庫既刊

庭仕事の愉しみ
ヘルマン・ヘッセ　岡田朝雄＝訳

庭仕事とは魂を解放する瞑想である。草花や樹木が生命の秘密を教えてくれる。文豪ヘッセが庭仕事を通して学んだ「自然と人生」の叡知を、詩とエッセイに綴る。自筆の水彩画多数掲載。

人は成熟するにつれて若くなる
ヘルマン・ヘッセ　岡田朝雄＝訳

年をとっていることは、若いことと同じように美しく神聖な使命である（本文より）。老境に達した文豪ヘッセがたどりついた「老いる」ことの秘かな悦びと発見を綴る、最晩年の詩文集。

ヘッセの読書術
ヘルマン・ヘッセ　岡田朝雄＝訳

よい読者は誰でも本の愛好家である（本文より）。古今東西の書物を数万冊読破し、作家として大成したヘッセが教える、読書の楽しみ方とその意義。ヘッセの推奨する〈世界文学リスト〉付き。

草思社文庫既刊

シッダールタ

ヘルマン・ヘッセ　岡田朝雄＝訳

もう一人の〝シッダールタ〟の魂の遍歴を描いたヘッセの寓話的小説。ある男が生の真理を求めて修行し、やがて世俗に生き、人生の最後に悟りの境地に至る。二十世紀のヨーロッパ文学における最高峰。

ふたりの老女

ヴェルマ・ウォーリス　亀井よし子＝訳

酷寒の冬、アラスカの先住民は全滅の危機にさらされ、年老いたふたりの老女を置き去ることを決めた。そこから、ふたりの必死の旅が始まった――。アラスカ・インディアンに語り継がれる知恵と勇気の物語。

わが魂を聖地に埋めよ（上・下）

ディー・ブラウン　鈴木主税＝訳

フロンティア開拓の美名の下で繰り広げられたのは、アメリカ先住民の各部族の虐殺だった。燦然たるアメリカ史の裏面に追いやられていた真実の歴史を、史料に残された酋長たちの肉声から描く衝撃的名著。

草思社文庫既刊

女盗賊プーラン（上・下）

プーラン・デヴィ　武者圭子＝訳

インドの最下層カーストに生まれ、数々の暴行、虐待を受けた少女は、やがて自ら盗賊団を率いて復讐に立ち上がる。過酷な運命にあらがい、弱者を虐げる者たちと闘った女性の驚くべき自伝！

砂漠の女ディリー

ワリス・ディリー　武者圭子＝訳

少女は一人、砂漠のただ中に駆けだした！数奇な運命に導かれスーパーモデルとなり、国連大使として世界を駆けめぐった遊牧民の少女が真実の半生を語る。映画『デザートフラワー』原作。

思春期病棟の少女たち

スザンナ・ケイセン　吉田利子＝訳

境界性人格障害と診断され、十八歳で精神科病棟に入院させられた女性が自らの体験を綴った全米ベストセラー。狂気と正気を揺れ動く心の描写はまさに文芸作品である。映画『17歳のカルテ』原作。